U0092262

教你讀詩經

于天池
李書
——著

前言

按照梁啟超先生的說法，《詩經》在中國文化史上有著極為特殊的地位。從史的角度看，《詩經》是先秦文化中最可靠的史料；從文學的角度看，《詩經》是先秦文化中最美的文字；從經的角度看，《詩經》又是所有先秦經典之首[①]。所以，不學傳統文化便罷，如果學習，就應該從《詩經》入手。實際上，在中國古代的文化教育實踐中，《詩經》也的確是入門的最基礎的經典。只要看看小說《紅樓夢》第九回便可知道此言不虛。

一、詩經之前的詩歌

有比較才有鑑別，要瞭解《詩經》在中國文化史上的地位和價值，首先要弄明白《詩經》之前的詩歌是什麼樣子。

根據現有的文獻：遠古時期曾有許多詩歌流傳，比如相傳葛天氏時代的《葛天氏之歌》，伏義時代地《網罟歌》、神農時代地《豐年詠》等等，但雖有題目，歌詞卻都散失了。

在大禹時代，大禹的妻子涂山氏懷念外出治水的大禹，傳說曾有《候人》詩：「候人兮猗」，這大概是中國現存最早的抒情詩了；又傳說禹的兒子啟在夢中來到天上，聽到了《九辯》、《九歌》。回到地上，他創作了《九韶》，但詩句沒有流傳下來。《九辯》、《九歌》、《九韶》大概是現存最早的宗教歌曲，也是屈原楚辭中《九歌》的前身。

後來，甲骨卜辭中有很多類似歌謠的作品，如《卜辭通纂》第三百七十五片：「癸卯卜，今日雨，其自西來雨，其自東來雨，其自北來雨，其自南來雨。」再比如，《周易》爻辭中也有許多歌謠，比如《大壯・上六》「羝羊觸藩，不能退，不能遂」；比如《屯・六二》「屯如邅如，乘馬班如，非寇婚媾」。它們很形象，句式參差有致，但基本上是斷章殘句，不能算是嚴格意義上的詩歌。

《詩經》之前還有所謂的古逸詩，傳說是《詩經》之前的詩歌，但被後人證實是假的，係後人偽造。比如流傳很廣的伯夷叔齊臨餓死時唱的歌：「登彼西山兮，采其薇矣。以暴易暴兮，不知其非矣。神農虞夏，忽焉沒兮，我安適歸矣。籲嗟且兮，命之衰矣。」這首詩見於《史記》的《伯夷叔齊列傳》，但十分不可靠。因為首先是，商周時代是西元前十二世紀的事，按照文學發生學的觀點，不可能出現西元前四世紀屈原時代才有的楚辭的詩歌形式。其次是，歌頌神農是戰國時代的事情，頌揚虞夏為儒家經典產生之後的思潮，反對「以暴易暴」也為戰國時代的政治思想，在伯夷叔齊時代是不可能出現這樣的詩歌的。

所以，《詩經》之前的詩歌從文化學的意義上說確實不足道，無論從量，從質，從可靠性上，談中國的詩歌便不能不從《詩經》開始。也就是說，有了《詩經》，中國文化史上纔有了真正意義上的詩歌。《詩經》是中國第一部詩歌總集。清代沈德潛《古詩源》，民國朱自清《古逸歌謠集說》收羅了《詩經》之前的詩歌並進行了研究，如果有興趣，可以參看。

二、《詩經》產生的時代和地域

《詩經》最早並不稱經，只是稱《詩》，《詩三百》，比如《論語・季氏》：「不學《詩》，無以言。」《論語。陽貨》：「小子何莫學夫《詩》，《詩》可以興，可以觀，可以群，可以怨，邇之事父，遠之事君，多識於鳥獸草木之名。」《論語・為政》：「《詩三百》，一言以蔽之，曰思無邪。」

稱經是戰國後期的事，《荀子》，《莊子》兩書也都提到了《詩經》，比如《莊子》：「丘治《詩》、《書》、《禮》、《樂》、《易》、《春秋》六經。」而直稱《詩經》則為司馬遷《史記・儒林傳》：「申公獨以《詩經》為訓以教。」

《詩經》作為中國最早的一部詩歌總集，共有三百零五篇，涵蓋的年代起碼有六百年，也就是從西元前十二世紀到西元前六世紀這段時間。時代之長，相當於唐宋兩個朝代。

按照一般的說法，《詩經》中最早的詩歌不會超出周初，也許有幾篇在周公的時代。比如《豳風・破斧》明說「周公東征」，那是西元前一一一五年的事；《詩經》中有案可稽最遲的事發生在西元前五〇六年，即《秦風・無衣》。按照王夫之的說法，這首詩是講申包胥到秦國求救，秦襄公為他作詩言志。按照《韓詩外傳》的說法，《邶風・燕燕》載許穆夫人的事發生在西元前五五八年；按照《毛序》的說法，《陳風・株林》所載陳國君臣淫亂是發生在西元前五九八年的事等等。從《詩經》總體上說，《商頌》最早，是周初的作品；《大雅》、《小雅》、《檜風》、《唐風》、《魏風》次之，是西周末到春秋初期的產品。《周南》、《召南》、《王風》、《鄭風》、《齊風》、《秦風》、《陳風》、《曹風》、《豳風》、《衛風》較晚，是春秋時代的產品。篇幅最多，所占比重最大，是春秋時代的作品（見梁啟超《古書真偽及其年代》卷二分論）。在這同一時期，西方出現《荷馬史詩》（西元前九至八世紀），可資比較。

《詩經》的地域涵蓋了今陝西、山西、河南、河北、山東及湖北北部，甚至四川一帶，基本上在黃河流域，也就是周朝的政治勢力所及的地帶。就地域論，《詩經》理應有語言音韻上的差異，但事實上差異不大。當然文化上還是有比較明顯差異的。比如《鄭風》、《鄘風》、《衛風》、《邶風》可能代表了文化經濟發展較高的地帶。《唐風》、《魏風》代表了勤勉儉嗇而無暇談情說愛的地帶，《秦風》代表了尚武的地帶，《周南》、《召南》、《陳風》代表了接近於後來楚辭文化產生的地帶等等。

《詩經》分為風、雅、頌三大部分。風有十五國風，即《周南》、《召南》、《邶》、《鄘》、《衛》、《王》、《鄭》、《齊》、《魏》、《唐》、《秦》、《陳》、《檜》、《曹》、《豳》，共有一六〇篇；雅分《大雅》、《小雅》，共一〇五篇；頌分為《周頌》、《魯頌》、《商頌》，合計四十篇。總共三〇五篇。尚有一些笙詩。它們在當日有聲無辭，後來連聲也丟失了。何謂風、雅、頌？歷代有爭議。近代學者比較一致同意宋代鄭樵的意見：「鄉土之音曰風，朝廷之音曰雅，宗廟之音曰頌。」（《通志・昆蟲草木略》）認為風、雅、頌是音樂上的分類。風是地方樂調，雅是中原正聲，頌是宗廟樂歌。雅在音樂上有繁簡之分，簡者為《小雅》，繁者為《大雅》。從內容上說，頌是祭祀宗廟的詩；雅同政治時事聯係比較緊，風詩則吟詠性情。它們反映了周朝春秋時期的社會、政治、道德及風尚。

這個時期已經屬於奴隸社會時期，但也有小部分尚屬於原始公社時期。基本政治經濟背景是這樣的：西元前十二世紀，西周開始建國。周對農業特別重視。《詩經・大雅》裏的〈生民〉和《豳風》裏的〈七月〉就是寫周朝的農事的。不過這時主要的生產是奴隸生產，規模大，效率低。由於生產技術還不十分發達，二人合耕是經常的事，也就是「千耦其耘」（《周頌・載芟》）。就是到了孔子的時代，長沮、夔溺也還「耦而耕」呢。商業也有一些，小商人居多，就是像《衛風》裏的《氓》所說的「抱布貿絲」一類的人吧。在這個時代的後期，都市有了一定程度的發達，從《鄭風・出其東門》看，東門之外是「有女如雲」的，那就是士女眾多的商業區，從詩人想到自己的妻子是「縞衣綦巾」的對照看，那些士女一定打扮得十分華麗。社會上已有顯著的貧富反差，《魏風》中的〈碩鼠〉、〈伐檀〉可以代表人民對剝削者的仇恨。由於經濟發展的不平衡，有些地域還過著比較原始的畜牧或打獵的生活，比如〈野有死麇〉。這就是那時的社會基本情況。

三《詩經》的內容和藝術

如果單從內容分類，包含三〇五篇詩歌的《詩經》大致可以分為「祭祀」、「頌贊」、「怨刺」、「婚戀」、「徵役」五大類。

「祭祀」類詩歌全部收在「頌」之中：歌頌祖先的美德武功，祈求對後世子孫的護佑。這些詩往往流於概念化，莊嚴神秘，言辭整飭，但缺乏真情實感，文學價值不高。其中像〈臣工〉、〈噫嘻〉、〈豐年〉、〈載芟〉、〈良耜〉等再現了西周大規模農業生產的情景，具有很高的史料價值。

「頌贊」類詩歌在《詩經》中數量較多，約占四分之一以上。頌贊的對象很複雜，有讚美祖先功德的，有讚頌文臣武將功業的，有稱揚某種品德或技藝的，也有讚美帥哥靚妹的，篇目分佈較雜，大部分集中在「雅」之中。頌贊類詩歌和祭祀類詩歌有共同點，那就是都具有讚美的成分，但也有不同點。祭祀類詩歌對象單純，面對的是祖先，而頌贊類的對象非常寬泛，並不限於祖先。即使同是稱揚祖先功德，頌贊類詩歌演唱的地點不在宗廟而在朝廷，其創作動機不是為了祭祀而是借頌贊先族歷史和功業之名，行教育後代繼承守業之實；在文學表現上，頌贊類詩歌也擺脫了祭祀類詩歌的呆板的程式，不再是平面的羅列而多為生動地敘事，語言也口語化了。《大雅》中的〈生民〉、〈公劉〉、〈緜〉、〈皇矣〉、〈大明〉是這方面的代表。頌贊文臣武將功業的優秀詩篇是收在「小雅」裏的三首敘事詩〈出車〉、〈六月〉、〈采芑〉。稱揚某種技藝或品德的詩歌題材豐富多樣，大都集中在《小雅》中，有歌頌血緣之情的如〈棠棣〉；有歌頌宴飲之美的如〈鹿鳴〉；有歌頌宮室建築之美的如〈斯干〉；有歌頌畜牧業之繁盛的如〈無羊〉。而《風》詩中歌頌帥哥的如〈叔于田〉、〈淇奧〉，歌頌美女的如〈碩人〉，尤其膾炙人口。這些詩歌對於中華民族的品德和美學思想的影響很大。

「怨刺」類的詩歌，是事關政治的詩歌。所謂怨，就是不滿的意思；刺，就是諷刺的意思。怨刺詩產生的原因，一方面是政治上出現了昏庸腐敗現象，另一方面卻也是政治理念的覺醒和進步，所謂「周道始缺，怨刺之詩起」（《漢書・禮樂志》）。這些詩大都集中在大小雅裏。就創作時間而言，這些詩大部分出於周厲王周幽王[2]之時，少部分作於東周初年。就創作者而言，《大雅》中的怨刺作者多是王室重臣或上層貴族，其詩說理多於諷刺，類似於參政議政的建議書，代表作是〈民勞〉。《小雅》中的怨刺者多是身份較低的中下級官僚，詩歌多是哀怨的憤悱之作，代表作如〈節南山〉、〈青蠅〉、〈小弁〉、〈巷伯〉。除去大小「雅」之外，《國風》裏也有部分民間的怨刺詩。與大小「雅」不同，這些詩沒有諄諄說理，沒有聲聲哀怨，而是對統治者的剝削和社會的醜惡現象直接進行了大膽的抨擊和辛辣的諷刺。比如〈伐檀〉、〈碩鼠〉、〈黃鳥〉、〈牆有茨〉、〈黍離〉等。

婚戀題材的詩歌在《詩經》中數量最多，文學價值也最高，除去散見於《小雅》的個別篇章之外，絕大多數存在於《國風》中。這些婚戀詩歌內容豐富，感情真摯，語言通俗，生動活潑，幾乎囊括了人類愛情生活的各個側面和所有的階段，或纏綿，或熱烈，或哀怨，或感傷，至今讀起來仍回氣斷腸，感同身受。比如描寫相識相約初始階段的〈野有死麕〉、〈靜女〉、〈溱洧〉、〈野有蔓草〉、〈將仲子〉，描寫愛情深入一層的〈伯兮〉、〈出其東門〉、〈蒹葭〉、〈月出〉、〈狡童〉；詠歎婚姻家庭的〈關雎〉、〈大車〉、〈桃夭〉、〈女曰雞鳴〉、〈柏舟〉，描寫婚姻不幸的〈中谷有蓷〉、〈氓〉、〈谷風〉等。

由於古代生產力低下，《詩經》裏表現徵役類的詩歌也很多。從內容上可分為兵役和徭役兩類，散見於《風》、《雅》之中。這些作品大都有重大的歷史事件做背景，具有較高的史料價值，而且其情哀，其怨深，具有很高的文學價值。比如反映徭役的〈何草不黃〉、〈陟岵〉，反映兵役的〈采薇〉、〈破斧〉等等。

當然，分類只是一種便於說明內容的方法，很難概括《詩經》的全部內容。比如著名的〈七月〉，它只是客觀而溫馨地敘述一年四季的農事，歸於什麼類呢？何況，在這五類內容之中，又有相當多的詩歌在分類上有交叉重疊。比如〈君子於役〉，可以放在婚戀生活類，也可以放在徵役類，假如強調「怨而不怒」的風格，放在怨刺類也無大錯。所以，分類敘述總是有局限的。漢代的何休在《春秋公羊傳注疏》中用「饑者歌其食，勞者歌其事」來說明《詩經》的內容，雖簡約，但更為概括。

《詩經》在藝術上的最大成就是建立了中國古代詩歌的體制模式。

在這之前，由於古代的逸詩大都是有目無詩，片言隻語，沒有體式可尋。《詩經》則多是四言一句的四言體詩，由此建立了中國四言的詩歌體式。在這個基礎上，後來中國的古代詩歌才相繼有了五言和七言的詩歌體式。

在章法上，《詩經》有著濃郁的民歌特色，大都採用重章複遝，反覆詠歎，中間只是調換少量辭彙，既便於記憶，又一唱三歎，有著鮮明的節奏感和音樂美，也由此奠定了中國歌謠的章法。

《詩經》的用韻，自然和諧，如從口出，雖然當時沒有形成嚴密的格式，大體來說有句尾韻或句中韻，一韻到底或中間換韻，句句押韻或隔句押韻等種種形式，含有某些規律性的格式為後人所取法。後代詩歌的用韻格律在《詩經》中大體都可以找到它們的淵源。

《詩經》在描寫手法上對於後代文學影響極大。後人把它們總結為賦、比、興。關於賦、比、興，歷代說法很多，南宋朱熹的說法最為通俗簡明。他說：「賦者，敷陳其事而直言之也」；「比者，以彼物比此物也」；「興者，先言他物以引起所詠之辭也。」③這三者當中，賦，指的是對於所描寫的對象要準確生動，予以再現，這是對於語言功能的基本要求。比興，則關乎意象修辭和描寫技巧，直接是針對語言的詩性的或者文學性的。具體的例子，如〈關雎〉篇用水鳥的和鳴興起人們對於美滿婚姻的聯想，〈柏舟〉中連用「我心匪石，不可轉也；我心非席，不可捲也」比喻情感的堅貞不移。賦比興的寫作手法成為中國古代詩文最基本的表現手法，後代所謂「托物寄情」，「觸物言情」，「由此及彼」等抒情方式都是從《詩經》的比興手法中孕育出來的。

四、學習《詩經》的方法

《詩經》的閱讀和學習，有兩種方式，即專業學習和一般學習。兩者區別很大。如何進行專業的學習，不在我們的討論之列，因為這是很專門的學問。如果求其入門，梁啟超《要籍解題及其讀法》中關於《詩經》的說明大概是最切實可行的了。

這本書要講的是一般地學習，也就是現代人從理解和鑑賞的角度學習。一般地學習沒有必要去讀《十三經》注疏本的《毛詩鄭箋》，也沒有必要去讀朱熹的《詩集傳》，儘管它們都曾是《詩經》的權威讀本。

現在的《詩經》讀本很多，各有特點（似乎都顯得厚重了些）。讀者可以憑著興趣和愛好任選一種，開卷有益。

建議先泛讀《詩經》的全本，因為這會給你一個完整的印象。《詩經》三百多篇，每篇都不是很長，只看正文的話，加在一起，不過萬把字左右。有些篇章通俗易懂，容易誦讀，且生動有趣，引人入勝。就難易的程度來說，「風」、「雅」、「頌」的順序，正好可以作為閱讀《詩經》的自然順序，符合從簡到繁，從難到易，從與現代生活聯繫比較緊密的作品到相對疏離的作品的入手原則。在閱讀中，假如碰到一些距離現代生活比較遠，字詞又晦澀的篇章，可以不求甚解，略過去就是了。泛讀之後，就可以根據自己的愛好，比較深入地閱讀喜愛的作品了。

就具體閱讀和欣賞某首詩而言，可能會遇到一些困難。

什麼困難比較大呢？有人說是字詞訓詁方面的困難。因為《詩經》中有的字我們認得，有的字不認識；有的字在現代漢語中仍然使用，但有的已經不用了；有的字雖然在現代漢語中還在使用著，但意思或讀音都發生了很大的變化。有的詞語生僻古舊，不知所云。這都確實是問題。建議手頭備一部《新華字典》，有條件的備一部《詞源》，一定可以解決大部分問題。但要注意有的字詞古今各家解釋並不一致。在一般情況下，屬於字詞的訓詁，《毛詩鄭箋》比較可靠。清人在訓詁方面成績大，時有精義，可以擇善而從。現代的《詩經》選本往往在這方面已經做了大量的甄別工作，閱讀理解應該問題不會太大。

也有人說詩歌是要押韻的，由於古今音韻的不同，很多詩歌在今天讀起來已經不押韻了，這讓我們很難感受到詩歌的音樂美。這也確實是個問題。據清代的江永在《古韻標準》裏統計，《詩經》用韻方法有數十種之多。例如間句韻、三句韻、四句韻、五句韻、隔數句韻、交錯韻等。那麼要不要在閱讀的時候恢復古韻呢？顯然沒有必要。因為古韻的恢復閱讀是一個體系，不是單純的個別字詞的句尾押韻的問題。你不可以把別的字都讀今音，單單句尾的字詞讀古音以押韻，這就好像唱古裝戲只穿古代的靴子而周身服飾是現代服裝一樣的可笑。音韻的古今變化，專業的研究是一碼事，普通的朗讀鑒賞又是一碼事。對於一般的閱讀而言，由於古今音韻的變化所造成的不再押韻的問題只能暫時擱置。何況在詩歌的韻律形式美中，押韻只是其中的一部分。《詩經》中的詩歌很多是歌謠，它的押韻和節奏更多地倚重複遝的形式，因此，押韻的問題在《詩經》中的音樂節奏美中只占一部分，甚至並不特別重要[4]。三十年代周作人、朱自清、董作賓、朱光潛等先生對於中國民間歌謠的研究，對於我們把握《詩經》的音韻節奏的賞析有很多有益的啟示。

現代人理解欣賞《詩經》之難，集中在兩個方面：

其一是，我們現在看到的《詩經》，都是徒詩，也就是純文本的形式，而當日《詩經》中的詩歌是配樂，甚至是配有舞蹈的⑤。這對我們整體地欣賞它造成了很大困難。大家知道，詩樂舞本為一體，缺乏相關音樂配合，任何詩歌都會有所遜色。比如，單純從純文本的角度閱讀〈青藏高原〉這首現代詩，當然也會覺得好。但是如果同時有音樂，特別是聽到通俗歌手李娜的演唱，那麼，你會對〈青藏高原〉這首詩歌那種遼闊、高遠、神秘、宗教的氛圍有更強烈的感受；再比如，你在欣賞〈紅塵滾滾〉這首現代詩的時候，固然你會感動於它對於人生無常的深情、無奈以及渴望抓住現實及時行樂的喟歎，但假如你在音樂響起來的時侯，同時又看到了葉倩文邊唱邊舞的演繹，那麼你對於這首詩的理解就會更感性而更深入一層。閱讀古代的《詩經》也是如此。由於當日與《詩經》相配的音樂和舞蹈的散佚缺失，我們無法獲得像當日季札、孔子那個時代閱讀《詩經》時的感受了，這是時代的缺陷，無法彌補。我們只能在閱讀時憑著感受，發揮想像，彌補這一缺憾。

其二是，歷史文化上的隔膜。這對於我們閱讀《詩經》大概困難最大，也最關鍵。詩歌的欣賞需要再現，聯想、移情，前提是閱讀者與作品在文化上要熟悉而不陌生，能交融而不疏離。《詩經》中有的詩歌雖然產生的年代久遠，但現代人讀起來依然感同身受，一點也不陌生。比如〈將仲子〉、〈狡童〉、〈子衿〉、〈伐檀〉、〈碩鼠〉等。但有些則由於歷史文化上的斷裂磨損，已經很難再激動我們，引起聯想和移情了。比如《詩經．周南》最後一首詩是〈麟之趾〉：

麟之趾，振振公子。於嗟麟兮！
麟之定，振振公姓。於嗟麟兮！
麟之角，振振公族。於嗟麟兮！

麟，就是麒麟，在古代是一種家喻戶曉的仁德之獸，《詩經》引以為喻貴公子。當時的人視這種比喻為尊貴，覺得很自然。可對於現代的人來說就不一樣了。麒麟，有人說是長頸鹿，有人說是四不像，現在的人假如以麒麟喻人，由於時過境遷，被比喻的人就會覺得莫名其妙。不信，你說某某是四不像或長頸鹿，一試便知。像這樣的詩歌，難點不在字詞，而是難以複製的文化和民俗感覺。

有的作品，表面上看不需要太多的文化民俗背景的介紹，似乎難解之處在訓詁，甚至有時字詞也並沒有太大的障礙，覺得閱讀理解不難而實則不然。比如〈七月〉開頭兩句「七月流火，九月授衣」。一般人關注「流火」的解釋，因為不懂，因為古今語詞歧義大，而對於「授衣」就比較輕視，認為好理解。其實這兩句的重心在「授衣」。而「授衣」也「非謂九月冬衣已成遂以授人也」，而是指此時婦女們開始裁製越冬所穿的衣服。這裏只有將彼時的氣象條件，生存條件和手工製衣的艱苦講清楚，今天的讀者才會對這兩句乃至全詩關於古代生活的衣、食、住的厚重描寫有深切體會。再比如，〈君子於役〉所描寫的羊、牛、雞，都是習見之物，但在城市生活的人與在農村生活的人對這首詩的感受是不一樣的，必須把農村的田園生活和古代的徭役制度講清楚，才會對詩歌之佳有深入一層的體會。再比如，《詩經》中〈有女同車〉講「佩玉瓊琚」，「佩玉鏘鏘」。玉，現在也並非罕見之物，但在生活和文化上的意義有了很大的古今差異，只有把先秦時代玉文化的意義講清楚，才會對《有女同車》中以玉象徵所崇拜女性的內涵有真正的理解。像這樣的詩，《詩經》中最多，最容易被「不求甚解」，最需要對於相關的文化背景多瞭解一些，多體察一些，才能避免似是而非，似懂非懂錯誤的出現。《教你讀詩經》這本書解釋的重點正是在此，力求從文學和文化兩個角度對讀者的閱讀有所裨益。

進入現代社會以來，我們閱讀《詩經》的確存在許多困難，但上個世紀「五四」以來許多學者在傳統的基礎上也有許多長足地突破，比如根據考古和金文的研究，于省吾、林義光等先生在名物和訓詁方面有許多新的發明；依據西方詩學和歌謠理論，周作人、朱光潛、朱自清等先生在音韻和詩歌的形式方面有許多探求；依據社會的發展和民俗學的理論，顧頡剛、鄭振鐸、聞一多等在詩歌的內容上有許多新解。改革開放以來，聶石樵、程俊英先生、上海辭書出版社關於《詩經》的專著則是近時期研究成果的總結，他們的研究無論在總體上還是具體篇目上都給我們以啟示。如果想進一步深入研究，夏傳才的《詩經研究史概要》比較系統地介紹了《詩經》歷代的研究成果，指出並介紹了其中的名著對閱讀也很有用。

出於體驗和鑑賞《詩經》的角度，在閱讀《詩經》作品的時候，我們不主張默讀，而是鼓勵誦讀。詩歌與一般文學作品的區別之一，就是它們與音樂聯繫得非常緊密。因此，出聲誦讀，對於理解和欣賞詩歌的音韻節奏非常重要。《詩經》大部分作品具有歌謠性質，誦讀更是不能或缺。

假如有喜歡寫詩的讀者，我們更是希望他們把感興趣的作品翻譯成白話詩歌。這一做法，不僅對於學詩的人在寫作上有莫大的助益，而且對於一般的理解和欣賞也提供了一個入門的路徑和很有趣的角度。上個世紀的一些詩人像郭沫若、劉大白、李長之等先生在這方面做了有益的先導。德國學者洪波爾特說，一種語言的學習，不啻一種新的世界觀的獲得。這個觀點，對於不同語種來說是真理，對於同一個漢語語種的文言文和白話文之間的互動，似乎也是這樣呢。

註

①梁啟超《要籍解題及其讀法》，見《飲冰室專集之七十二》。上海中華書局一九二五年版。

②均為西周末代國王。周厲王（？～前八二八）西周第十位國王（前八七八年—前八四一年在位），橫徵暴斂，又任用特務封鎖輿論批評，招致國人暴動，倉皇出逃。周幽王（西元前七九五—西元前七七一），因寵愛褒姒，數次烽火戲諸侯失政，被犬戎兵殺死在驪山之下，直接導致西周滅亡。

③見朱熹《詩集傳》卷一。

④比如朱自清先生在《經典常談・詩經第四》中就認為「歌謠的節奏最主要的靠重疊或叫複遝」，「重疊可以說原是歌謠的生命，節奏也便建立在這上頭。字數的均齊，韻腳的調協，似乎是後來發展出來的。」生活・讀書・新知三聯書店，頁二三。

⑤梁啟超對此有不同的解釋，他說：「大抵三百篇裏頭，除三頌或者是專為協樂而作詩之外，其餘十五國風多半是各地的『徒歌』的民謠。二雅則詩人所作『不歌而誦』的詩。自孔子以後，卻全部變成樂府了。」（《中國之美文及其歷史》）

教你讀詩經／目次

邶風篇

鄘風篇

衛風篇

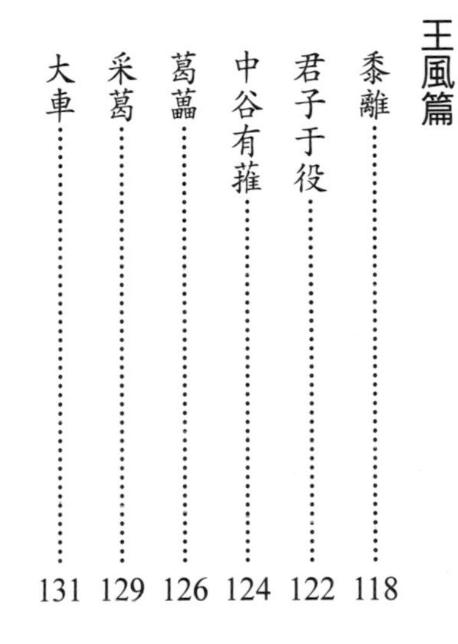

王風篇

鄭風篇

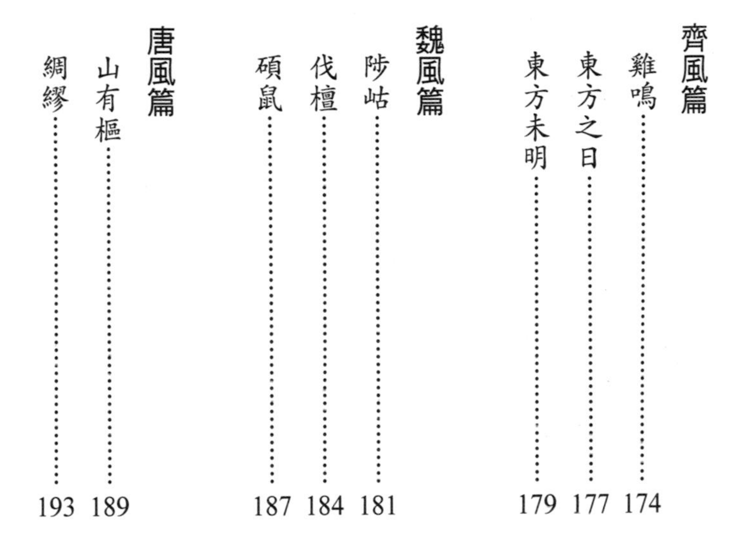

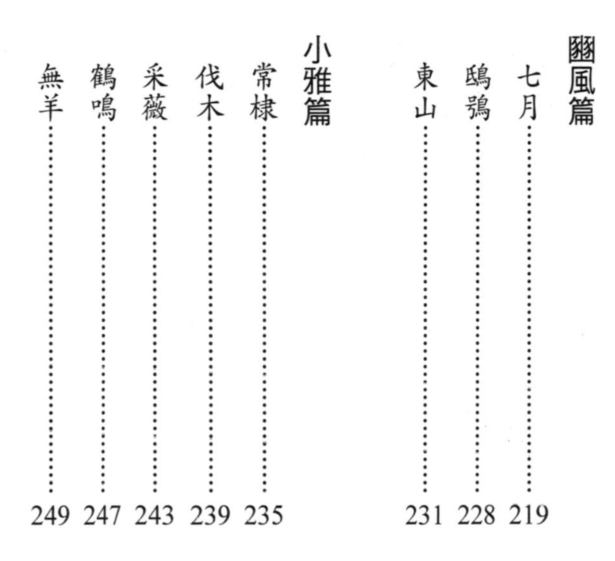

豳風篇

小雅篇

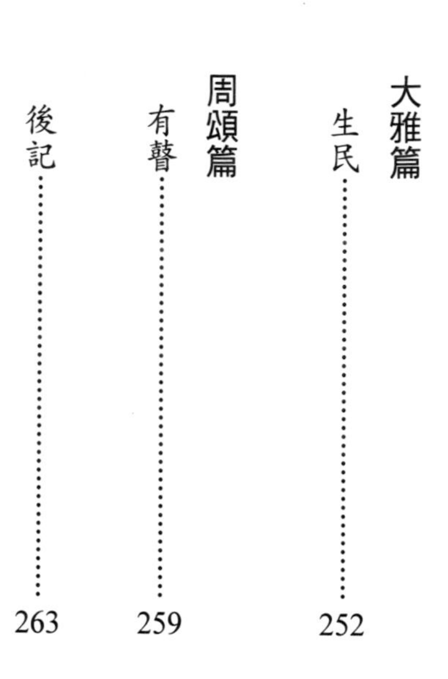

大雅篇

周頌篇

周南篇

關雎

關關雎鳩，在河之洲。窈窕淑女，君子好逑。
參差荇菜，左右流之，窈窕淑女，寤寐求之。
求之不得，寤寐思服。悠哉悠哉，輾轉反側。

參差荇菜，左右采之。窈窕淑女，琴瑟友之。

參差荇菜，左右芼之。窈窕淑女，鐘鼓樂之。

關關　《毛傳》：「和聲也。」

睢鳩　《毛傳》：「王睢也。」朱熹《詩集傳》：「狀類鳧鷺，今江淮有之。生有定偶而不相亂，偶常並遊而不相狎」。水鳥名，所指不詳。朱熹的「生有定偶」說法實際並不合於現代生物的觀察。或者在《詩經》時代是理想和擬人。但按照鄭樵的說法：「〈關關睢鳩〉是作者一時之興，所見在是，不謀而感於心也。」顧頡剛則推而廣之，認為《詩經》中首句的起興都是嫌後面的句子「太單調了。太率直了。」最重要的意義在於要起韻和葉韻。（顧頡剛《寫歌雜記・起興》）

州　水中陸地。

窈窕　音咬挑，《毛傳》：「幽嫻也」。楊雄《方言》：「美心為窈，美狀為窕」。「窈窕」指兼有外在和內在之美。今則單指體態。淑：善，朱熹《詩集傳》：「女者未嫁之稱」，所以「淑女」特指未嫁的姑娘。

君子　西周、春秋貴族男子的通稱，詩歌是理想文學，與現實有一定距離，稱呼亦然。現如今稱呼成年男子為老闆者其身份亦未必是老闆。逑：仇之假借字，配偶。李長之《詩經試譯》認為「逑」很像後來所謂的「冤家」。

參差 長短不齊的樣子。荇菜，水生植物，似蒓菜，可以食用。

左右 或指手的動作，或指荇菜的漂流不定。流，摘取。以上採菜動作兼形容女子勞動之美。

寤寐 寤，音勿，覺。寐，音妹，寢。睡覺和清醒始終念念不忘追求，整天追求。

思 語助詞。服，思念。用現代漢語翻譯就是「白天黑夜那個想啊」。悠哉，思念悠長。輾轉反側：指翻來倒去不能成眠。

琴瑟 弦樂器。琴七弦，瑟二十五弦。想像歡樂友好的相處。

芼 音帽，擇取。

鐘鼓 打擊樂器。典禮用。樂器在這裏的象徵意義可能既有結婚成禮的含義又有婚後相敬以禮，相敬如賓的味道。

這是一首賀婚歌。詩中的淑女和君子沒有具體的指代對象，是廣義的婚愛戀歌。

因為它是《詩經》的第一篇，歷代對它的評價都非常高。比如孔子：「〈關雎〉，樂而不淫，哀而不傷」。《毛詩》序：「風之始也，所以風天下而正夫婦也。故用之鄉人焉，用之邦國焉。」而「君子好逑」，「窈窕淑女」，「琴瑟好合」也成為慣用的辭彙。但五四時期，由於對傳統文化的評價不高，連帶著對這首詩的評價也發生了點變化，比如魯迅就說：「假如現在的詩人作這樣的『白話詩』，十分之九是要被編輯者塞進字紙簍去的。『漂亮的好小姐呀，是少爺的好一對兒；』什麼話呢？」（《且介亭雜文・門外文談七》）。

一種文化的發現，其價值和意義既在於被發現者，也在於發現者。所以，孔子看到的，毛鄭看到的，現代人魯迅看到的，並不一樣。從一種角度看，《關雎》確實是很普通的詩歌，沒有什麼神秘。不過，假如我們站在民俗學的立場上，把它放在當時的文化背景中去考察，會發現這首詩反映了中國古代家庭是社會組織的基本單元之始這個觀念，那麼其隱含的意義就相當豐富了。

首先，它表達了男性的追求是以婚姻為目的，是組織家庭，而家庭的出現是古代社會的一種進步。其次，它表達的是貴族小姐和君子的禮儀及其情感。其中透現著的是高雅、和諧——即使浸透著真摯的愛，也是古典的，理智的，有距離的，所謂「樂而不淫」——這恰恰是中國古代儒家所追求的審美情感。

從中國古代文化的角度，理解在宗法制度的社會裏中，家庭是社會的核心，婚姻是家庭的起始，那麼，《毛序》說《關雎》一詩是「風天下而正夫婦也，故用之鄉人焉，用之邦國焉」，就不是很過分了。

葛覃

葛之覃兮，施于中谷，維葉萋萋。
黃鳥于飛，集于灌木，其鳴喈喈。
葛之覃兮，施于中谷，維葉莫莫。
是刈是濩，為絺為綌，服之無斁。
言告師氏，言告言歸。
薄污我私，薄澣我衣。
害澣害否，歸寧父母。

葛　籐類植物。朱熹《詩集傳》：「葛，草名，蔓生，可為絺綌者」。覃（tán）：生長，延長。《爾雅》：「覃，延也」。施　蔓延。
中谷　谷中。陳奐《傳疏》：「中谷，谷中，此倒句法。」
維　句首語氣詞。萋萋，茂盛的樣子。
黃鳥　鳥名。又名倉庚，黃鸝。
于　語助詞。于飛，即疊詞「飛飛」。
灌木　矮小叢生的樹木。
喈喈　音，街。形容黃鳥的和鳴聲。《毛傳》：「和聲之遠聞也。」
莫莫　茂盛。王先謙《集疏》：「詩重言莫莫，其義自眾草翳不見日引申而出，以狀葛葉延蔓廣遠。後人增水旁為漠漠，詩家言廣遠義多承用之，自此詩始也」。

刈　割。
濩　煮。
絺　細葛。
綌　粗葛。
斁　厭棄，無斁即喜歡。
言　發語詞。師氏：傅母。《毛傳》：「師，女師也。古者女師教以婦德、婦言、婦容、婦工。」
薄　語首助詞。
污　揉搓。
私　內衣。
澣　音緩，又音晚，洗濯。
害　曷。《毛傳》：「何也。」
歸寧　古代稱已嫁女子回娘家為歸寧。

這首詩寫少婦對於父母的思念和回娘家前的欣喜。現代通俗歌曲中在大陸傳唱的有一首叫《回娘家》的歌，與這種情愫近似。不同的是《葛覃》只是寫想回娘家，是回娘家之前的欣喜，而《回娘家》是描繪回娘家的路上的喜悅。

《葛覃》對於將要回娘家的激動心理描寫可能現代人不太好理解，覺得有點誇張。這個心理差距在哪裡呢？在於：1古代出嫁婦女回娘家有嚴格限制，不能隨意，不能如現在想回就回。2古代交通不便。回一趟不容易。3古代通訊也不方便，資訊和情感交流很難。假如我們設想在現在要看望遠方的父母，只能十年探望一次，既沒有飛機、火車等便利的交通工具，也沒有手機視頻等溝通之便利，大概對女主人公之激動急迫的心情就好理解了。

這首詩二個值得注意的生活細節。其一是衣料，我們現在基本不穿葛了。其二是此處「私」和「衣」出現了區別，即內穿的褻衣和外穿的服飾有了區分。反映了古代貴族女性的生活：很奢華哦！

卷耳

采采卷耳，不盈頃筐，嗟我懷人，寘彼周行。
陟彼崔嵬，我馬虺隤，我姑酌彼金罍，維以不永懷。
陟彼高岡，我馬玄黃。我姑酌彼兕觥，維以不永傷。
陟彼砠矣，我馬瘏矣，我僕痡矣，云何吁矣。

采采　採了又採。
卷耳　今名蒼耳，嫩苗可食，也可入藥。
盈　滿。
頃筐　淺筐。
嗟　語助詞，嘆息。
懷人　想念的人。

周行　大道。

寘　同「置」，放下。

周行　大道。

陟　音志，升、登。

崔嵬　岩石高低不平的山。

虺隤　疲勞力竭。

姑　姑且。

金罍　青銅製成的酒器。《孔疏》引《韓詩》：「金罍，大夫器也。天子以玉，諸侯大夫皆以金，士以梓。」

維　發語詞。

永懷　長久的思念。永，長。《說文》：「永，水長也。」

高岡　高高的山崗。

玄黃　馬病，指馬牛病後毛色變得黑黃。

兕觥　音「四工」，犀牛角制的酒杯。當日亦非常珍貴。

傷　憂傷。

砠　音足，多土石山。

瘏　馬病不前。

僕　指駕車的僕人。

痡　病。朱熹《詩集傳》：「人病不能行也。」

云　語助。

何　多麼。

吁　憂愁。

這是一首懷人的詩。但作品中「我」的身份和行為可以有不同的解讀：一、自始自終都是由采卷耳的女主人公在唱歎。二、分別由男女主人公，即被懷念的遠行的男主人公和采卷耳的女主人公分頭詠歎。三、男女主人公分別詠歎後，最後眾人合唱抒懷。由於古代樂譜的消亡，現在很難判斷了。但是這幾種解讀方法的提出卻很有意義，因為它是從演唱的立場上而不是從文本閱讀的立場上加以理解的。

如果單純從詩的立場上欣賞，那麼由一個女主角貫徹到底可能比較恰切。其邏輯思路是，采卷耳的婦女由於思念遠方行役的丈夫，不由自主地放下手頭的工作，她想像丈夫是那樣的辛苦，想像他對於自己深切的思念並擔心他生病了。第一段是對於她采摘卷耳的正面描述，後面三段想像她似乎真切地看到了丈夫的行蹤和苦難。雖然出自於想像，然而正如劉勰在《文心雕龍・神思》中所說「寂然凝慮，思接千載；悄然動容，視通萬里」。這首詩歌正是通過想像對方對自己的思念，反襯對對方的懷想。這種寫作方法對於後世的影響很大，如杜甫的〈鄜州望月〉，王維的〈九月九日憶山東兄弟〉等都是。

這首詩有兩個細節頗可留意：一、關於卷耳。現在沒有人吃了。其實如果我們看《詩經》中的植物，當日可以吃而現在被遺棄的很多。——現在我們吃的食物，無論是動物還是植物，都有一個淘汰，引進，演化的過程。二、如何理解《詩經》中勞動著的男女同時享有金罍、兕觥這些在我們今天看來是奢侈品的問題？理解的關鍵就是，詩歌畢竟是藝術，不是現實生活，不能按照生活的邏輯要求詩歌的邏輯，不可看得太呆啊。

桃夭

桃之夭夭，灼灼其華，之子于歸，宜其室家。
桃之夭夭，有蕡其實。之子于歸，宜其家室。
桃之夭夭，其葉蓁蓁。之子于歸，宜其家人。

夭夭　《毛傳》：「其少壯也。」《說文》：「夭，曲也。」聞一多《通義》：「凡木初生則柔韌而易曲，故謂之夭。」柔韌易曲大概是一切生物青春的特徵。

灼　「焯」之假借。《毛傳》：「華之盛也。」鮮豔奪目。

華　古代同「花」。以上通過對於青春期的桃樹的讚美來讚美新娘。

子　古代男女通用。之子，就是那個姑娘。

于歸　出嫁。

宜　善。

室家　西周春秋時期由於聚族而居，故「室」，「家」均指宗法血緣家族整體而言。朱熹：「宜者，和順之意。室謂夫婦所居，家謂一門之內。」

蕡　音汾，古「斑」字。于省吾《澤螺居詩經新證》：「桃實將熟，紅白相間，其實斑然。」

家室　室家的倒文以葉韻。

蓁蓁　桃葉茂盛的樣子。

家人　此處指夫家之人。

這是一首賀婚詩。不是特別祝賀某個少女出嫁，而是具有普適意義的祝賀。

這篇詩歌通篇用比。什麼是比呢？朱熹在《詩集傳》說：「以彼物比此物也」。這裏就正是以生長茂盛的桃樹之美比喻少婦之青春魅力。朱熹言簡意賅地指出：「桃之有花，正婚姻之時也。」

這首詩每章以桃起興，繼之以花，果，葉，間作比喻，有層次地推進，比喻女子的美麗，能持家，能生育，從而給家庭帶來穩定和利益。這裏所說的「宜」，就是「和順之意」，即和諧。而室家，則非單指小家庭，而是大家庭，乃至大家族。

這裏要注意的是兩個問題：其一，在中國，婚姻不是簡單的二人世界，而是家庭、家族的後續，婚姻追求的是家庭和家族的和睦相宜；其二，婚姻也不是簡單的兩情相悅，重要的是子嗣，要能生孩子，而且生的越多越好，所謂「有蕡其實」，「其葉蓁蓁」。這是中國婚姻的價值體系傳統。正是在這個問題上，我們看到《紅樓夢》中的林黛玉被賈府所拋棄，輸給了薛寶釵。這首詩由於反映的是中國人對於婚姻的理想，在賀婚詩歌中影響很大。當然，這個理想與西方，或者與當今青年人的婚姻觀念是有很大不同的。

芣苢

采采芣苢，薄言采之。采采芣苢，薄言有之。
采采芣苢，薄言掇之。采采芣苢，薄言捋之。
采采芣苢，薄言袺之。采采芣苢，薄言襭之。

采采 采呀采。

芣苢 車前草。《毛傳》認為是藥：「芣苡，……車前也，宜懷妊焉。」但也有人認為在古代可能為食物。比如郝懿行《爾雅義疏》中就說「野人亦煮啖之」。估計食物說有一定道理。今人不食不見得古人不食，飲食習慣也有一個變化的問題。如果僅只是采不孕藥的話，不會婦女們都「采采」，以至形成了如是規模。

薄言 均為助詞，無意。

有　取，采得。馬瑞辰《通釋》：「《廣雅，釋詁》：「有，取也。」孔子弟子冉求名有，正取名字相因，求與有皆取也。」

掇　音，奪。拾取。

捋　音羅，揪，五指捋。

袺　《毛傳》：「執衽也。」手持衣襟盛起來。

襭　音協，兜而掖在衣帶間。

這是描寫集體勞動的詩歌，採用了典型的重章疊句形式。全詩僅有「采、有、掇、捋、袺、襭」動詞不同，其他都同。而這個不同則形象地表現了整個勞動過程。

如果單純從詩歌文本而言，它實在不足道。正如袁枚在《隨園詩話》中所說：「三百篇如『采采芣苢』之類，均非後人所當效法。今人附會聖經，極力讚歎。章艭齋戲仿云：『點點蠟燭，薄言點之。剪剪蠟燭，薄言剪之』聞者絕倒。」但假如我們把它看作是一種群眾歌曲，不是念的，而是唱的；不是一人唱，而是多人唱，是重唱，合唱；假如再加上集體舞蹈的形式，情調就不一樣了，聽覺和視覺就展現出淳樸而豐厚的無窮意味。正如方玉潤在《詩經原始》中所說的：「讀者試平心靜氣涵詠此詩，恍聽田家婦女，三三五五，於平原曠野，風和日麗中，群歌互答，若遠若近，忽斷忽續，不知其情何以移，而神之何以曠。」古今中外這種重章疊句的歌謠都應該作如是觀。

我們在緒論中談到《詩經》欣賞之難，其中一條就是古代詩歌是有音樂的，是可以唱的或舞的，甚或既唱又舞。如果去掉了附加的音樂和舞蹈，有的詩歌的欣賞就比較困難，甚或失去了原有的魅力。這首詩歌的欣賞就是典型的例子。

漢廣

南有喬木，不可休息。漢有游女，不可求思。
漢之廣矣，不可泳思。江之永矣，不可方思。
翹翹錯薪，言刈其楚。之子于歸，言秣其馬。
漢之廣矣，不可泳思。江之永矣，不可方思。
翹翹錯薪，言刈其蔞。之子于歸。言秣其駒。
漢之廣矣，不可泳思。江之永矣，不可方思。

喬木 高聳的大樹。《毛傳》：「喬，上竦也。」陳奐《傳疏》：「上竦者，其上曲，其下少枝葉。」

休 休息。一說「息」一做「思」，亦通。

漢 漢水，發源於陝西，流經湖北武漢入長江。

游女 有兩種解釋，一種解釋是仙女，劉向《列仙傳》：「江妃二女者，不知何所人也。出遊於江漢之湄，逢鄭交甫，見而悅之。不知其神人也，謂其僕曰：『我欲下請其佩。』……（二女）遂手解佩於交甫。交甫悅，愛而懷之中當心，趨去數十步，視佩，空懷無佩；顧二女，忽然不見。《詩》曰：『漢有游女，不可求思。』此之謂也。」聞一多進而認為如果是指神女的話，那麼游女中的「游」字，就是指她浮行水上。「如曹植有《洛神賦》云：『凌波微步，羅襪生塵』之類。」另一種解釋則是泛指出遊的女子。

思 語尾助詞。

泳 潛泳，《說文》：「潛行水中也」。

永 長。

方 原指並船而渡。馬瑞辰在《通釋》中認為凡用竹木筏、船渡水都可以稱「方」。

翹翹 眾多的樣子。錯：交錯。

薪 柴草。

楚 荊類。《鄭箋》：「雜薪之中尤翹翹者。」後來「翹楚」一詞，則專指眾裏的突出者。

于歸 出嫁。

秣 音莫，餵馬。魏源《詩古微》：「三百篇言娶妻者，皆以析薪取興。蓋古者嫁娶必以燎炬為燭，故《南山》之『析薪』，《車舝》之『析柞』，《綢繆》之『束薪』，《豳風》之『伐薪』，皆與此錯薪、刈楚同興。秣馬，秣駒，即婚禮親迎禦輪之理。」所以這裏的言刈其楚，言秣其馬也即迎娶的意思。

駒 當作「驕」，指高大的馬。《說文》：「馬高六尺曰驕。」

蔞 音樓，蔞蒿。

社會的發展，使得人類過去不可想像的事情成為了現實；滄海桑田的變化，也使得山川已非疇昔。今天的人讀「漢之廣矣，不可泳思。江之永矣，不可方思。」會覺得有點誇張不實，但在當日，大概漢水之深且廣就是天塹，難以逾越，用它來比喻力不從心就很貼切，就能引起強烈的共鳴。

這首詩歌大概正是表達婚姻力不從心的痛苦。陳啟源《毛詩稽古篇》說這首詩表達的是：「眼望心至而不可手觸身接。」通篇詩歌用的是比喻的手法，詩歌的中心為後四句，即「漢之廣矣，不可泳思。江之永矣，不可方思。」反覆詠歎加強了高不可攀，難以實現的心理痛苦。其實在生活中，力不從心的痛苦很多，有的要堅持，有的要學會放下。

文學描寫的竅門是集中、典型，把衝突激烈化，把反差誇大化，因為強烈的比對而引起強烈的反響和共鳴。有些事情平常也痛苦煎熬，但寫出來往往平淡。為什麼？因為不集中不典型。如果通過藝術加工，有對比有反差，集中典型後，其痛苦便千百倍放大了，表現出來就格外動人了。比如《紅樓夢》中的林黛玉渴望與寶玉結合，這埋想一直在折磨著她，但當她在瀟湘院臨死時聽到寶玉和寶釵婚禮的音樂聲，那個刺激就成了催命符，就把其悲劇命運引向高潮。這首詩歌的主人公也許就是在直接聽到或看到所愛的人結婚的消息後絕望地感喟的。「悲劇將人生的有價值的東西毀滅給人看。」這首詩無疑具有悲劇色彩，寫得淋漓盡致，撕心裂肺。

清代神韻派詩人王士禎則從另一個角度加以欣賞，認為《漢廣》是中國山水詩的發軔之作。

召南篇

甘棠

蔽芾甘棠，勿翦勿伐，召伯所茇。
蔽芾甘棠，勿翦勿敗，召伯所憩。
蔽芾甘棠，勿翦勿拜，召伯所說。

蔽芾　芾，音費。高大茂密的樣子。甘棠：即棠梨，果似梨而小，霜後可食。今已不多見，但在古代很普遍。據聞一多的意見，甘棠古代是社木，是民居中標誌性的有靈性的樹木，所以斷獄審理往往在其下以示公正。

翦　剪枝，伐，砍倒。和後面的敗，拜都是對樹木破壞的意思。

召伯　先祖是西周初期武王之弟召公奭，受封於召地，其子孫因稱召伯。此處指周宣王時期的大臣召穆公虎。《史記・燕召公世家》：「召公之治西方，甚得兆民和。召公巡行鄉邑，有棠樹，決獄政事其下。自侯伯至庶人各得其所，無失職者。召公卒，而民人思召公之政，懷棠樹不敢伐，歌詠之，作《甘棠》詩。」茇：草舍。這裏是當作草舍的意思。

敗　毀折。

憩　休息。

拜　「扒」的借字。《廣韻・十六搔》：「扒，拔也。」

說　同「稅」，停馬駐車休息。

這是一首睹物思人的詩歌，歌頌的是一位執政的長官。詩歌並沒有正面歌頌他的政績，而是通過對於他所用過的遺物的珍惜，表達對於他的懷念，也是「愛屋及烏」之意。吳闓運《詩意會通》稱其為「千古去思之祖。」

一個人去世後，家人懷思，不足為奇，因為有血緣，家庭曾經留下過他的溫暖。而社會上的反映往往就很淡了，所謂「親戚或餘悲，他人亦已歌。」不過，如果這個人對於社會有過貢獻，人們也會懷念他，比如像孔子，像賈思勰，像李白，像蘇東坡，像愛因斯坦、像約伯斯。我們對於他們所遺留的文物也會帶有感情。據說美國的影視明星夢露留下的一個筆記本在美國曾拍出上百萬美元的價格。

不能希冀所有的人都在社會上留下懷思，但一個好男兒難道不應該在社會上幹一番事業，給人類帶來好處，讓人類懷念不已嗎？中國古代向來有所謂三不朽的思想（立德、立功、立言），又稱中國歷史上做到三不朽的只有兩個半人（孔子、王陽明、曾國藩）。「學而優則仕」固然是一個引起非議的觀點，大陸上的不少孩子都想當官。不過，官是一種職業，是一種社會需要，本身無可厚非，關鍵是當什麼樣的官。

摽有梅

摽有梅，其實七兮。求我庶士，迨其吉兮。
摽有梅，其實三兮。求我庶士，迨其今兮。
摽有梅，頃筐塈之。求我庶士，迨其謂之。

摽　音「抛」，下落。一說抛擲。
有　語助詞。
梅　酸梅。
七　七成，意為抛擲剩下的酸梅還有七成。
庶士　眾人。庶，眾。士，原指周人中最低一級的貴族，此處為男性泛指。
迨　及，趁著。吉，好時光。所謂「好花堪折直需折，莫待無花空折枝」之謂。
今　現在，當前。
頃筐　即今之畚（音：斗）筐。淺筐。

塈　給與。

謂　即「歸」字。謂之，也就是歸之，嫁給你。

這是一首女性求偶的詩歌。

這個女性大概是所謂的剩女，也就是大齡女。她所求偶的宣示沒有具體的對象，是面向所有男性。其直白，坦率，現在讀起來都令人震驚。但是假如我們明瞭古代的風俗，也就不奇怪了。其實求愛和性的本身，是再自然不過的事，並沒有什麼罪惡或不好意思的說法。比如在古代《周禮・媒氏》就有這樣的話：「仲春之月，令會男女。於是時也，奔者不禁。若無故而不用者，罰之。司男女之無夫家者而會之。」而且，當我們越回歸到古代社會，文明越不發達，動物的本能越突出，所謂的現代意義上的愛情就越不清晰。

在婚嫁方面，大概女人較之男性對於青春的逝去更敏感，更感到青春的短暫，更有時不我待的緊迫。這是大自然的不平等，這種不平等到現在都沒有發生變化，原因可能只能從人類學，生物學上去尋找了。

不僅婚姻，世上的任何事物都有時效的因素在。在時效範圍，一切都正常運行，過了時令，努力就事倍功半，甚至努力而無效果。所以辦所有事都要及時，要有急迫感。

這首詩歌分為三章，每三章只有很少的字（七、三、塈；吉、今、謂）發生變化，而這個變化帶來了層次感，詠歎感。

江有汜

江有汜，之子歸，不我以。不我以，其後也悔。

江有渚，之子歸，不我與。不我與，其後也處。

江有沱，之子歸，不我過。不我過，其嘯也歌。

汜　水的支流。

歸　《鄭箋》：「婦人謂嫁曰歸。」

以　用。不我以即不用我，不同我好了。

渚　音主，本指江心小洲，此處亦指支流。

與　同，偕。不我與即不和我在一起了。

處　有兩種解釋。其一是後悔，憂慮。其二是居止。即照樣過。

沱　音陀，支流。聞一多《新義》：「此詩本以江有別流，喻夫之情不專一。」

過　到。來往。

嘯　長嘯。此處是長歌當哭，自我寬慰之意。

這是一首反映面對感情背叛所產生的複雜心理的詩。主人公是男是女，是已婚未婚，是妻是妾是情人，歷代有不同的說法，我們且不去管它，只要認可這是一個面臨感情背叛的主人公在痛苦中就足夠了。

這首詩好就好在他寫出了感情和心態的複雜。其中半是詛咒，半是擔憂，半是無奈，半是自我安慰，非常真實。更可以肯定的是，他度過了感情的危機。

野有死麕

野有死麕，白茅包之。有女懷春，吉士誘之。

林有樸樕，野有死鹿。白茅純束，有女如玉。

舒而脫脫兮，無感我帨兮，無使尨也吠。

麕　音君，獐，鹿一類的小獸。

白茅　茅草長大有韌性，乾枯後呈灰白色。白茅，指成熟的茅草。

懷春　指情慾萌動，渴望愛情。

吉士　好小夥。貴族青年的美稱。

誘　追求。

朴樕　音撲速，又名槲樕，與櫟樹相似。胡承珙《後箋》：「《詩》於婚禮。每言析薪。古者婚禮或本有薪芻之饋耳。」

純　捆紮。《毛傳》：「猶包之也。」

舒　慢慢地。

脫脫　舒緩的樣子。《毛傳》：「脫脫，舒遲也」。

感　通「憾」。

帨　胸前佩巾。

尨　多毛而兇猛的狗。

此詩共有三段．前兩段是客觀地敘事，後一段是通過女子的自白，由連續三個祈使句組成，表達了驚喜，嬌嗔，表面上拒絕而實際接受的複雜情感。

這首詩在五四時期引起許多學者比如胡適、顧頡剛、錢玄同、俞平伯的關注並加以討論。胡適在給顧頡剛討論此詩的信裏說：「《野有死麕》一詩最有社會學上的意味。初民社會中，男子求婚於女子，往往獵取野獸，獻於女子。女子若收其所獻，即是允許的表示。此俗至今猶存於亞洲、美洲的一部分民族之中。此詩第一、第二章，說那用白茅包著的死鹿，正是起士誘佳人的贄禮也。」俞平伯說這首詩：「急轉直下式的偷情，與溫柔敦厚之《詩・國風》，得無大相徑庭乎？」

邶風篇

綠衣

綠兮衣兮，綠衣黃裡。心之憂矣，曷維其已！
綠兮衣兮，綠衣黃裳。心之憂矣，曷維其亡！

綠兮絲兮，女所治兮。我思古人，俾無訧兮！

絺兮綌兮，淒其以風。我思古人，實獲我心！

衣　上衣。

裡　衣服的裡襯。

曷　何。什麼時候。維：語助。其：指示代詞，指代心之憂這件事。已：止，完結。

裳　下衣。《說文》：「上曰衣，下曰裳」。古代男女都穿類似於裙子的下衣。

亡　忘。

治　製作。

俾　音畢，使。

訧　過失，錯誤。現在所謂「家有賢妻，夫無橫禍」。

絺　音吃，細葛。

綌　音細，粗葛。絺綌皆為夏季服裝。

淒其以風　感受到寒風的侵襲。《鄭箋》：「絺綌所以當暑，今以待寒，喻其失所也。」淒其，即淒淒。

實獲我心　能揣度我的心思。

這是一首悼念妻子的詩。

詩歌從衣服談起。先是睹物思人，有所感觸。繼之以懷念。懷念什麼呢？其一是「俾無訧兮」，也就是妻子讓自己不犯錯誤，時時能提醒自己，勸諫自己。其二是在生活上照顧自己。妻子一離去，立刻沒衣服穿了——「凄其以風」。可見夫妻的恩愛。

愛情是需要生活上的互相扶助，需要物質的依託的。現在的夫妻都到服裝店去買衣服了，都到飯館去吃飯了，白天又各自上班，只有晚上才回家。社會的變遷從物質上來說是進步了，但從愛情上來說是不是進步了呢？這個問題比較複雜，當今的家庭中配偶死了也會追思，但追思的力度可能不會有這樣強烈。

這首詩對於後來中國的悼亡詩影響很大，尤其是它的表現手法。比如潘岳的悼亡詩有這樣的句子：「凜凜寒風起，始覺夏衾單。流芳未及歇，遺掛猶在壁。」比如元稹的《遣悲懷》：「衣裳已施行看盡，針線猶存未忍開」都有此詩的影子在。

燕燕

燕燕于飛，差池其羽。之子于歸，遠送于野。
瞻望弗及，泣涕如雨。
燕燕于飛，頡之頏之。之子于歸，遠于將之。
瞻望弗及，佇立以泣。
燕燕于飛，下上其音。之子于歸，遠送于南。
瞻望弗及，實勞我心。
仲氏任只，其心塞淵。終溫且惠，淑慎其身。
先君之思，以勗寡人。

燕燕 燕子。在漢語中往往對於親昵輕鬆的事物加以重疊，如「媽媽」，「爸爸」，「狗狗」等。

於 助詞。

差池 不整齊的樣子。與現代漢語中的「參差」同義。

之子 指被送的女子。

于歸 出嫁。

野 郊野。

瞻望弗及 看不到了。瞻望，遠看。

頡頏 音協航，上下翻飛的樣子。

將 送。

佇立 久立。

下上 其音義均與上文的「頡之頏之」同。指鳥鳴的聲音隨著鳥飛的高低而忽上忽下。

于南 向南方。王先謙《集疏》：「婦所歸之國在南，故送往南行。」

勞 悲苦辛勞。

仲氏 二妹。古人以伯仲叔季排列兄弟姊妹的行次。

任 好，善。

只 語助。

塞 鄭玄注引《考靈耀》：「道德純備謂之塞」。

淵 深。靜默而誠實。

終 既。「終……且」，相當於現代漢語中的「既……又」的句式。

溫 溫柔。

惠 仁愛。

淑 善良。

慎 謹慎。

先君 已去世的國君，指詩作者和其妹的父親。

勗 音續，勉勵。

寡人 作者自稱。寡人即寡德之人，古代一般只有國君可以自稱。

這是一首送妹妹遠嫁的詩。王士禎在《分甘餘話》中稱此詩為「萬古送別之祖」。但送別的人物具體是誰，前代頗有爭議。後來，學者一般認為從離別的意義上理解就可以了。崔述《偶識》云：「余按此篇之文，但有惜別之義，絕無感時悲遇之情。」這個分析比較切合詩意。

哥哥送別妹妹出嫁，為什麼會這麼傷感呢？除了兄妹情深之外，同遠嫁，同古代交通不便，資訊難通有關，但更重要的是同古代婦女歸寧的制度有關。因為古代歸寧制度比較嚴格，出嫁的女人不能隨便看望父母，如果父母去世，則為了防閒，也不能回娘家看望兄弟，而此詩中的兄妹分手包括了所有的因素。這種情況頗類似於《紅樓夢》中寶玉面對探春遠嫁的痛苦——一別基本上再也看不見了。所以詩中男主人公自然「泣涕如雨」了。

這首詩用場景來襯托送別。「燕燕于飛」在一般意義上是快樂的場景，但在詩人的眼中成了悲哀的場景，所謂「感時花濺淚，恨別鳥驚心」。「聲無哀樂」，這是嵇康對於音樂的說法。那麼，景是不是也無哀樂，隨人的哀樂而賦於它哀樂呢？拋開哲學上的討論，以樂景襯托哀意，這是文學上經常使用的手法，比如《紅樓夢》中黛玉臨死聽到怡紅院那邊傳來的婚慶音樂就是一種襯托。在春天萬物復蘇，燕子歸巢之時，分手的傷感可能較平常更為濃烈。當然，燕燕于飛，上下頡頏，相依相逐，也含有兄妹情深的意象。

這篇詩歌中離去的女性大概是一個貴族。對於她評價讚美的道德標準是什麼呢？一共是三句：「其心塞淵，終溫且惠，淑慎其身」，概括了古代的「婦德」。這個標準貫徹了封建社會的始終，也奠定了中國古代女性人格的審美趨向。

這首詩寓情於景，情景交融，有燕子上下飛舞的環境，有主人公「泣涕如雨」「佇立以泣」的心情，有對於往昔「先君之思，以勖寡人」的追思，有情有景，感人至深。朱熹讚美此詩「比如畫工一般，直是寫得他精神出」。（朱子語類）

終風

終風且暴，顧我則笑，謔浪笑敖，中心是悼。

終風且霾，惠然肯來，莫往莫來，悠悠我思。

終風且曀，不日有曀，寤言不寐，願言則嚏。

曀曀其陰，虺虺其雷，寤言不寐，願言則懷。

終風 整天颳風。《毛傳》：「終日風為終風」。

暴 《毛傳》：「疾也。」即大風。《齊詩》：「暴」作「瀑」。《說文》：「瀑，疾雨也。《詩》曰：『風且瀑』。」則意為終日的疾風暴雨。

顧　環視。

笑　這裏是嬉皮笑臉，不莊重。

謔浪笑敖　不莊重，得不到尊重。謔，戲謔。浪，放蕩。笑，嬉笑。敖，放縱。王先謙《集疏》：「蓋謔非不可，謔而浪則狂；笑非不可，笑而敖則縱。」

中心　即心中。

悼　傷心害怕。

霾　音埋，即今所說的沙塵暴。《說文》：「霾，風雨土也。」

惠然肯來　大駕光臨。惠，敬辭，用於對方加於自己的行為。然，語助。

曀　音亦，陰晦有風。《爾雅·釋天》：「陰而風曰曀。」

不日有曀　朱熹《詩集傳》：「不旋日而又曀也，亦比人之狂惑暫開而復蔽也。」

寤言　醒著說話。

不寐　難以入睡。

願　思念。

言　語助。

嚏　音替，打噴嚏。古人認為打噴嚏是因為有人在思念自己，至今民間仍有這種說法。王先謙《集疏》：「言我思君甚，寤覺而不能寐，有時噴鼻，以為君思願我，乃致我嚏也。非真謂公願，正以形我思。」

曀曀　天色陰暗的樣子。

虺虺　音灰，打雷的聲音。朱熹《詩集傳》：「以比人之狂惑愈深而未已也。」

懷　安心。《鄭箋》：「安也。女思我心如是，我則安也。」

歌劇《卡門》中有一首著名的歌詞：「愛情是一隻自由的小鳥，誰也別想把它馴服。縱然是恐嚇、威逼，它都無動於衷，甜言蜜語也一樣沒用。我中意的人也許心兒已被佔據，可愛情是那麼任性，誰的話它也不聽。你不愛我，我也要愛你，只要你被我看中，你可就要當心！」

喜歡的不見得被喜歡，中意的不見得很理想。你認真，他不見得認真；你珍惜，他不見得寶愛。也許在愛情上不等式是絕對的，完全的投桃報李則非常罕見吧，詩中的女主人公無疑受到了戲謔和輕視，她痛苦，可仍然愛著。這首詩歌就把這種矛盾悖論，把女子陷於愛情而不能自拔的心態寫得淋漓盡致。

凱風

凱風自南，吹彼棘心。棘心夭夭，母氏劬勞。
凱風自南，吹彼棘薪。母氏聖善，我無令人。
爰有寒泉，在浚之下。有子七人，母氏勞苦。
睍睆黃鳥，載好其音。有子七人，莫慰母心。

凱風　南風，夏天的風。
棘　音急，酸棗樹。在這首詩中用酸棗樹自喻，是因為在作者看來，酸棗樹矮小、醜陋，無用。
心　幼芽。
夭夭　屈曲稚嫩的樣子。

劬勞　劬音渠，辛苦憔悴。

棘薪　成材可以當柴火燒的棘。

聖善　聰明睿智而有美德。

令人　指像樣的人才。令，美好，善。這是反躬自責的話。

爰　音援，發語詞。寒泉：在當時衛國的浚邑。以冬暖夏涼而得名。

浚　地名，約在今河南省濮陽市東南。

下　南。酈道元《水經注．瓠子水》：「濮水支津……又東經浚城南，西北去濮陽三十五里，城側有寒泉崗，即《詩》所謂『爰有寒泉』。」

晛睆　音同獻緩，形容眼睛流眄轉盼的美麗。

載好其音　聲音悅耳。《鄭箋》：「晛睆以興顏色悅也。好其音興其辭令順也，以言七子不能如也。」

這是一首歌頌母親辛勞而自責的詩。但具體詩意所指，眾說紛紜。毛詩鄭箋認為這是一首勸母親不要改嫁的詩。也有人認為詩中的母親是後母，聞一多則言這首詩是勸說父母和好。一般都是當作歌頌母愛的詩歌來對待的。其中像「凱風」，「寒泉」，「劬勞」成為歌頌母親恩情的固定詞語，而對於母親的感恩也成為後世詠母詩的永遠的主題。

匏有苦葉

匏有苦葉，濟有深涉。深則厲，淺則揭。

有瀰濟盈，有鷕雉鳴。濟盈不濡軌，雉鳴求其牡。

雝雝鳴鴈，旭日始旦。士如歸妻，迨冰未泮。

招招舟子，人涉卬否。人涉卬否，卬須我友。

匏　音袍，葫蘆。苦，同枯。兩種解釋，一說匏為合巹所用。一說匏為渡水時繫在腰中的工具。

濟　渡水。

涉　徒步渡水。

厲　穿著衣服渡水。

揭　撩上。此處指提起下裳。以我們今天的觀念來看，渡水的方式有點怪異，沒有穿游泳衣，也沒有脫衣服的過程，而是在穿著衣服的前提下變換過河的方式。原因在於先秦時代沒有內衣內褲，也沒有用於游泳的專門衣服。

有瀰　即瀰瀰，河水滿盈的樣子。

有鷕　即鷕鷕。《毛傳》：「雌雉聲也。」

濡　沾濕。

軌　車軸的兩端。

牡　雄雉。

雝雝　雁叫聲。古代的婚禮儀式中納彩用雁。

旦　天亮。

歸妻　親迎。婦人謂嫁曰歸。

迨　音代，及，趁著。

未泮　冰未融化。泮，「判」的借字。先秦行婚禮多在冬春之際，即冰雪尚未融化時。

招招　招手的樣子。

舟子　駕船擺渡的人。

卬　音昂，我。

否　不。

須　等待。

這首詩寫一個生活在河對岸的女子在河邊等待夫家迎娶自己的焦急的心態。

理解這首詩要明瞭幾個生活背景。首先是，女子生活的地方與男子相隔以河。也就是說夫家是在河對岸，迎娶必須過河，因此女子在河邊上盼望，這是一個自然環境背景。其次，婚姻所需日期在古代是一個不短不長的過程。婚嫁講究六禮，即納采、問名、納吉、納徵、請期、親迎。來往過程可以很短，但也可以由於一些原因，比如路途的遙遠，媒介人的不方便等諸種不確定因素而在時間上拖得很長，所以這一漫長過程對於還沒有確定下來而又盼望成親的男女雙方都是一種精神和心理的考驗。這首詩就反映了女主人公的焦灼的等待。這是社會環境背景。再其次，古代嫁娶有一些技術環節，比如在上述六禮中男方給女方的禮物都用大雁，古人認為大雁飛行有時，有序，貞節；再比如合巹，用匏劈成兩半，各執一個對飲，稱交杯酒。還有，比如婚禮往往在春天舉行，因為一方面這在時令上符合「春者，天地交通，萬物始生，陰陽交際之時也」（《白虎通義・嫁娶》）；另一方面結婚生孩子的時候也大都躲過了炎熱的夏季或寒冷的冬季。以上因素是詩歌中出現了匏、大雁這些物件（雖然也可能是自然的即興出現，也可能在詩歌的技巧上有比興的因素），出現了女子「迨冰未泮」的期待。有的分析認為是女子等待幽會的心上人，但更可能是描述女子在婚嫁過程中的等待，僅是盼望與婚姻相關的人和細節的出現。

谷風

習習谷風，以陰以雨。黽勉同心，不宜有怒。
采葑采菲，無以下體。德音莫違，及爾同死。
行道遲遲，中心有違。不遠伊邇，薄送我畿。
誰謂荼苦，其甘如薺。宴爾新昏，如兄如弟。
涇以渭濁，湜湜其沚。宴爾新昏，不我屑以。
毋逝我梁，毋發我笱。我躬不閱，遑恤我後。
就其深矣，方之舟之。就其淺矣，泳之游之。
何有何亡，黽勉求之。凡民有喪，匍匐救之。

不我能慉，反以我為讎。既阻我德，賈用不售。
昔育恐育鞫，及爾顛覆。既生既育，比予於毒。
我有旨蓄，亦以禦冬。宴爾新婚，以我禦窮。
有洸有潰，既詒我肄。不念昔者，伊余來塈。

習習　連綿不斷。

谷風　東風，和風。《毛傳》：「東風為之谷風。陰陽和而谷風至。夫婦和則室家成，室家成而繼嗣生。」

以陰以雨　此處指風雨有節。

黽勉　音敏，努力。

葑　音封，蔓菁。

菲　蘿蔔。

下體　此處指根莖。這句有不同的解釋。一、不應因為根莖不好（有辣有不辣），把葉子也拋棄了。二、應以根莖而不是葉子選擇。葉子醜了，根莖才成熟。三、只要葉子，不要根莖。以上的解釋不要以我們現在人的飲食習慣來判斷。

德音　好話。指過去的甜言蜜語。

遲遲　行動遲緩的樣子。

中心　心中。有違，指心意和行動相背離。朱熹《詩集傳》：「蓋其足欲前而心有所不忍，如相背然。」

邇　近。

畿　《毛傳》：「門內也」。「機」之借字，即門檻。

荼　苦菜。

薺　音季，一種帶有甜味的野菜。

宴爾　快樂愉悅。宴，《毛傳》：「安也。」

如兄如弟　古代人重血緣，把兄弟看得比夫婦更親密。

涇　涇水。源出甘肅平涼，東南流到陝西高陵入渭水。

渭　渭水。源出甘肅渭源縣，東流經關中平原至潼關入黃河。

湜湜其沚　湜湜，水清的樣子。沚，河底。湜湜其沚，水清見底。

不我屑以　即不以我屑。認為我齷齪。屑，《毛傳》：「絜也。」絜即潔。以上兩句指責丈夫顛倒黑白，不明是非。

逝　往。

梁　魚梁。即在小河上用石塊壘砌石壩，中間留下缺口，以便捕魚。

發　「撥」的借字。動。

笱　音狗，捕魚用的竹簍。口大頸細肚大。魚能入不能出。

躬　自己。

不閱　不高興。閱，「說」（悅）的借字。

遑　暇，得空。

恤　照顧。惶恤我後，哪顧得上身後之事。

「就其深矣，方之舟之。就其淺矣，泳之游之」句。　以水為喻，比喻自己在家裏各種事情都處理得宜。方，舟，均渡河工具。泳，游，指徒手渡河。參見《漢廣》注。

亡　無。《毛傳》：「有，謂富也。亡，謂貧也。」《鄭箋》：「君子何所有乎？何所亡乎？吾其黽勉勤力為求之。有求多，亡求有。」

民　人。這裏是指鄰人。

喪　凶禍。

匍匐　音僕服，比喻竭盡全力。

慉　愛。不我能慉，即不能慉我。

讎　同「仇」。

阻　拒絕。

我德　我的善意。

賈用　出售。

不售　賣不出去，即不領情。

育恐育鞫　朱熹《詩集傳》引張載：「育恐，謂生於恐懼之中，育鞫，謂生於困窮之中」。育，在這裏指生活的整個過程。

顛覆　顛僕失足，喻生活中的危難。

既生既育　比喻不僅立足而且發達了。

於　如。

毒　毒蟲。《鄭箋》：「視我如毒螫，言惡己甚也」。

旨蓄　儲藏的美味的菜，如泡菜之類。

旨　美。

蓄　蓄積。

禦窮　抵擋窮乏。《孔疏》：「窮苦娶我，至於富貴而見棄，似冬月蓄菜，至於春夏則見遺也。」

有洸有潰　即洸洸潰潰，原指水流喘急，此處指丈夫發怒動武。《毛傳》：「洸洸，武也。潰潰，怒也。」

既　盡，全部。

詒　同「遺」，留給。

肄　勞苦之事。

伊　惟。

塈　音戲，愛。

這是一首棄婦詩。同一題材的詩作在《詩經》中還有《氓》。秦漢以後，棄婦詩多為詩歌中的禁忌，現實中棄婦很多，而棄婦的詩歌很少。原因是隨著儒家思想的固化，棄婦作為弱勢群體不僅失去了家庭，也失去了輿論訴求的權利。

中國的封建社會遺棄妻子有所謂的七出三不去的婚姻規定。七出是：一無子，二淫，三不順父母，四口多言，五盜竊，六妒忌，七惡疾。無子是在妻子五十歲以後才有效，即過了生育期，但這時夫妻的感情已比較穩定，一般也有妾生的子女，休妻很難出現。口多言指撥弄是非，離間親屬。妒忌指自己不生育又不許丈夫納妾的那種妒忌。惡疾是指耳聾、眼瞎、腿殘疾等疾病。三不去是對七出的限制，一是有所取無所歸，二是與更三年喪，三是前貧賤後富貴。當然還有一些補充規定如義絕，也就是產生重大的恩斷義絕的事情由政府強制判離。七出三不去在公元一九三〇年的法律中才廢除。總體來說，七出三不去是夫權社會的產物，明顯地偏袒男方。女方始終處在一個弱者的地位。

詩中的棄婦與丈夫的關係相對比較簡單。既沒有子女，也沒有公婆，只是面對的是丈夫的變心，她被遺棄了。遺棄的原因是什麼？從詩中看大概是丈夫的喜新厭舊，而她並沒有什麼過錯。她在詩中不斷地強調自己對於丈夫的愛，對於家庭的貢獻，總之沒有對不起丈夫的地方。但是，感情的事情最不容易說清楚了，所謂清官難斷家務事。現在有些人站在女性的立場上，認定詩中的分手是男人的問題，可能有些偏頗。

這首詩在藝術手法上有一些獨到的地方，其一是運用大量的對比手法，尤其是新人進門和舊人離家時丈夫的不同態度，產生了感情上的巨大反差，把哀怨渲染得很濃烈。其二是運用生動的比喻和生活瑣事，如「采葑采菲，無以下體」；「涇以渭濁，湜湜其沚」；「誰謂荼苦，其甘如薺」，加強了詩歌的表達力。而最重要的是，作品通過一唱三歎，反覆吟誦，甚至絮叨，表現了棄婦煩亂的心緒和癡情，從而在敘事中展現了人物的心理和鮮明的性格。對此，俞平伯有絕妙的敘述，他說：「〈谷風〉之篇，猶之漢人所作〈上山采蘼蕪〉。其事平淡，而言之者一往情深，遂能感人深切。通篇全作棄婦自述之口吻，反覆申明，如怨如慕，如泣如訴，不特悱惻，而且沉痛。篇中歷敘自己持家之辛苦，去時徘徊，追憶中之情癡，其綿密工細殆過於〈上山采蘼蕪〉。彼詩只寥寥數語，而此則絮絮叨叨；彼詩是冷峭的譏諷，此詩是熱烈的怨詛。三百篇中可與匹敵者只有〈氓〉之一篇，而又各有各的好處，全不犯複。」（《讀詩札記》）。如果有興趣，讀者可以將此篇與〈氓〉和〈上山采蘼蕪〉對照著閱讀。

靜女

靜女其姝，俟我於城隅。愛而不見，搔首踟躕。
靜女其孌，貽我彤管。彤管有煒，說懌女美。
自牧歸荑，洵美且異。匪女之為美，美人之貽。

靜　貞靜。
姝　美麗。
俟　音四，等待。
城隅　城的角落。
愛　「僾」或「薆」的借字。《爾雅。釋言》：「薆，隱也。」愛而不見，就是藏起來。
踟躕　音持除，徘徊，彷徨。
孌　音巒，美好的樣子。如孌童。
貽　贈送。

彤管　朱熹《詩集傳》：「未詳何物，蓋相贈以結殷勤之意耳。」彤，紅色。

有煒　即煒煒。煒，紅而有光。

說懌　音悅意，喜愛。

牧　郊外。《爾雅・釋地》：「郊外謂之牧。」

歸　同饋，贈送。

荑　蘆筍。《毛傳》：「茅之始生也。」

洵美　確實美。

異　不一般。

匪　非。

這是寫男女幽會的詩。生動活潑。形象傳神。其中「愛而不見，搔首踟躕」，更是寫出了小兒女戀愛中童心未泯的純真。

新臺

新臺有泚，河水瀰瀰。燕婉之求，籧篨不鮮。

新臺有洒，河水浼浼。燕婉之求，籧篨不殄。

魚網之設，鴻則離之。燕婉之求，得此戚施。

新臺　臺名。修築在水上的房子稱臺。如囚禁光緒的地方稱「瀛臺」。臺與榭的區別是，榭為臨水的建築，臺是四面環水的建築。新臺故址在山東鄄城縣東北黃河故道旁。《水經注》：「河水又東，逕鄄城縣北。故城在河南十八里，河之北岸有新臺，鴻基層廣，杲高數丈，衛宣公所築新臺矣。」

泚　鮮明貌。「玼」的借字，本指新玉的鮮明。

瀰瀰　水深的樣子。

燕婉之求　指對於愛情婚姻的追求。燕婉，安和美好的樣子。

籧篨　癩蛤蟆。

鮮　和下文的殄都是善、好之意。不鮮，就是不好。

洒　鮮明的樣子。

浼浼　水流平緩的樣子。

殄　善。

鴻　大雁，一說癩蛤蟆。

離　遭遇，獲得。如離騷就是遭遇牢騷的意思。

戚施　蟾蜍。

這是一首生活諷刺詩。諷刺衛宣公劫奪兒子的妻子作為自己的妻子。《左傳桓公十六年》：「初，衛宣公烝於夷姜，生伋子。屬諸右公子，為之取於齊而美，公取之。」《孔疏》：「此詩伋妻蓋自齊始來，未至於衛而公聞其美，恐不從己，故使人於河上為新臺，待其至於河，而因臺所以要之耳。」

中國諷刺詩歌很少，比如在歷代的詩歌總量中，在著名詩人的作品中，諷刺詩歌所占比例都很少。但《詩經》中的比例很多，原因是《詩經》時代還尚缺乏威權式的文化統治，或者「為長者諱」的傳統沒有形成。

這首詩在寫作手法上採用了強烈的對比手法，那就是願望和結果，目標追求和殘酷現實之間，反差十分強烈。這種表現手法對於後代的諷刺詩有明顯影響。比如漢代桓靈朝代的民謠：「舉秀才不知書，查孝廉父別居。寒素清白濁如泥，高第良將怯如雞」也是通過對比的手法表達諷刺的意向。

鄘風篇

柏舟

泛彼柏舟，在彼中河。髧彼兩髦，實維我儀。之死矢靡它，毋也天只，不諒人只！

泛彼柏舟，在彼河側。髧彼兩髦，實維我特。之死矢靡慝。毋也天只，不諒人只！

泛　漂浮。

中河　河中。

髧　音旦，頭髮下垂的樣子。

髦　《釋名》：「髦，冒也，冒覆頭頸也。」古代未成年男子前額頭髮向兩邊分著。前額長與眉齊，如今之劉海，額後之髮則紮成兩綹，左右分開，稱為兩髦。

實　是。

維　為。

儀　《毛傳》：「匹也。」匹偶。

之　至，到。

矢　發誓。

靡　沒有。

也、只　均語氣詞。

天　指父親。《左傳。桓公十二年》杜預注：「婦人在室天父，出則天夫」。

諒　體諒。

特　配偶。《說文》：「特，牛也。」段注：「引申之為凡單獨之稱。」馬瑞辰：「物無偶曰特。」

慝　音特，更改。

這是一首面對父母的反對，堅決維護愛情的誓詞。直抒胸臆，感情強烈，明白坦誠，語氣決絕。雖然簡短，其性情之剛直堅決，躍然紙上。這是純真而沒有被世俗污染的愛情。從男子尚未冠來看，大概算是早戀吧，也正因為是早戀，所以純真。

這首詩的背景是婚戀對象遭到了父母的反對，於是她表示了非此不嫁的態度。父母在婚姻上往往與子女有代溝，在具體人的選擇上也會有矛盾，應該進行充分的溝通。子女在婚姻上當然應該有主見，父母也不能包辦代替。但是沒有得到父母祝福的婚姻往往不幸福，有時愛情也具有盲目性，似乎也是顛撲不破的真理。

牆有茨

牆有茨，不可埽也。中冓之言，不可道也。
所可道也，言之醜也。
牆有茨，不可襄也。中冓之言，不可詳也。
所可詳也，言之長也。
牆有茨，不可束也。中冓之言，不可讀也。
所可讀也，言之辱也。

茨　音慈，蒺藜。一年生的草本植物，莖橫生緊貼在地面上，開小黃花，果實很多，叫蒺藜，有硬刺。如果不連根拔掉極難清理。由於它的植物性特點，具有不可掃，不可除，不可捆束的特點。古代往往在牆頭上種植以防閑和防盜。

冓　音夠，宮闈。或指中夜。中冓即冓中。

道　說。

襄　除去。

詳　細說。

束　捆束。這裏是打掃乾淨的意思。

讀　《說文》：「誦書也。」引申為講說。

這是一首揭露衛國統治者荒淫無恥的詩歌。《毛序》：「衛人刺其上也。公子頑通乎君母，國人疾之而不可道也」。《左傳。閔公二年》：「初，惠公之即位也少，齊人使昭伯蒸於宣姜。不可，強之，生齊子、戴公、文公、宋桓夫人，許穆夫人。」召伯即公子頑，是惠公的同父異母哥哥，公子伋的弟弟。齊國之所以強迫召伯亂倫，是出於政治的原因，即靠男女關係來繼續維繫齊國和衛國的親密關係。但這種混亂，大概也同原始社會的婚姻亂倫沒有進化淨盡有聯繫。

這首詩在語言上純用口語，故兩千四五百年前的詩歌今天讀起來並不吃力。而諷刺的手法則採用了故為閃爍其詞，以不言為言的辦法，加強了詩歌的表現力。

桑中

爰采唐矣？沬之鄉矣。云誰之思？美孟姜矣。
期我乎桑中，要我乎上宮，送我乎淇之上矣。
爰采麥矣？沬之北矣。云誰之思？美孟弋矣。
期我乎桑中，要我乎上宮，送我乎淇之上矣。
爰采葑矣？沬之東矣。云誰之思？美孟庸矣。
期我乎桑中，要我乎上宮，送我乎淇之上矣。

爰　哪裡。聞一多《新義》：「『於焉』之合音，猶言在何處也。」

唐　兔絲，也叫女蘿。植物名。

沬　即沬鄉。即衛國都城朝歌。在今河南淇縣北的附近。

云　助詞。

孟姜　春秋時代衛與齊世代通婚，而姜姓為齊國貴族姓氏。故此處以姜為美女的代稱。孟，排行為長，孟姜，即為俗稱的「大妹子」。故此詩歌的主人公為男性，非特指的情歌。其所愛如「大阪城的姑娘」云云。

期　約會。

桑　桑林，衛國地名，在河南省滑縣東北。一說泛指桑樹林。

要　邀約。

上宮　地名，不詳，一說樓名。

送　相送。

淇　淇水。

弋　音亦，姓氏，亦作姒。當時陳、杞等國貴族為姒姓，世代與衛、魯等國姬姓貴族通婚，故此詩連帶及之。

葑　音封，蘿蔔。

庸　姓氏。亦泛指。

這是一首對於自己愛情進行炫耀的詩，表達的是受寵若驚，唯恐別人不知的感受。為什麼要炫耀？因為得意，因為心滿意足，因為高人一等，於是就有了炫耀的心理。炫耀可以普及於一切對象，名、利、物，都可以成為炫耀的對象，當然愛情也在其列。

這裏的「孟姜」、「孟弋」、「孟庸」並非特指，乃是代表了當日對於女性擇偶的標準。什麼標準呢？不是財富和美貌，而是血緣和血統，此可見一代婚姻的風氣。

這首詩留給後代的是當日自由戀愛的標誌性地方——桑間、濮上。《漢書・地理志》上說：「衛地有桑間濮上之阻，男女亦亟聚會，聲色生焉，故俗稱鄭衛之音。」後來「桑間」、「濮上」便漸漸成了戀愛幽會地點的代名詞。

載馳

載馳載驅，歸唁衛侯。驅馬悠悠，言至于漕。
大夫跋涉，我心則憂。既不我嘉，不能旋反。
視爾不臧，我思不遠。既不我嘉，不能旋濟。
視爾不臧，我思不閟。陟彼阿丘，言采其蝱。
女子善懷，亦各有行。許人尤之，衆穉且狂。
我行其野，芃芃其麥。控于大邦，誰因誰極？
大夫君子，無我有尤。百爾所思，不如我所之。

載 又。如「載歌載舞」。馳、驅：策馬疾馳。

唁 音厭，弔唁。

衛侯 或指戴公或指文公。古代女子歸寧不易，名義上只能歸寧父母。即使兄弟死了也不能隨便。故此處點明「衛侯」。王先謙《集疏》：「國君夫人父母既沒，惟奔喪得歸，後遂不得歸也。夫人之歸，不能以奔喪為詞，則疑于歸寧兄弟，此許人所為執禮相責也。故夫人作詩曰，我之馳驅而歸，乃弔衛侯之失國，非甯兄弟比。」

驅 馳驅。

悠 遠，長。

漕 河南滑縣。許國國都在河南許昌。

大夫 此處指追到此地的許國大夫。跋涉：長途奔波。《毛傳》：「草行曰跋，水行曰涉。」

既 都。

嘉 贊許。《鄭箋》：「言許人盡不善我欲歸唁兄。」

旋 回還。反：同「返」。

臧 音贓，善。

遠 這裏是疏離的意思。不遠，指的是與宗國血緣切近急迫。

濟 渡。

閟 音必，閉塞。一說「閟」同「密」。

阿丘 斷壁懸崖。《毛傳》：「偏高曰阿丘。」

蝱 音萌，貝母。《鄭箋》：「升丘采貝母，猶夫人之適異國，欲得力助安宗國也。」

懷 思念。此處指思念故國。

行 道，道理。

尤 同「訧」，過錯。

穉 同稚，幼稚。

狂 愚妄。《韓非子。解老》：「心不能審得失之地則謂之狂。」

芃芃 音鵬，茂盛貌。麥：麥苗。狄人侵入許國是魯閔公二年的冬十二月，故王先謙認為此詩作於閔公三年的夏曆二三月。

控 赴告。控於人邦，即向齊國求救。

有　同又。無我有尤：意思是不要再反對我了。

之　去，往。此處指思路。

因　親，依靠。

極　至。陳奐《傳疏》：「至者，當讀如『申包胥以秦師至』。」誰因誰極，意思是誰可以指望。

這是許穆夫人在自己祖國危亡時刻奔赴國難，面對衛國大夫指責時所發出的抗辯。

許穆夫人是中國文學史上第一位女詩人，大概也是世界文學史上的第一位女詩人。

關於許穆夫人事蹟，歷史上最重要的記載有這麼三條：一、《左傳・閔公二年》：「初，惠公（衛）之即位也少，齊人使昭伯烝於宣姜。不可，強之。生齊子、戴公、文公、宋桓夫人、許穆夫人。」這一條說明的是許穆夫人的出身。二、劉向《列女傳・仁智》：「初，許求之，齊亦求之。懿公將與許。女因其傅母言曰：『古者，諸侯之有女子也，所以苞苴玩弄，係援於大國也。今者許小而遠，齊大而近。若今之世，強者為雄。如使邊境有寇戎之事，惟是四方之故，妾在不猶豫乎？今舍近而就遠，離大而附小，一旦有車馳之難，孰可與慮社稷？衛侯不聽，而嫁之於許。」這一條說她在少女時就見識遠大，具有政治家的素質。婚姻本應該是超功利的，但現實社會又很難絕對的超功利。如果女人結婚能與理想和抱負結合，這大概是最完美的結局了。政治女人的婚姻自有政治女人的追求，如希拉蕊，如武則天，如許穆夫人，不能完全站在世俗的立場去判斷。三、《左傳・閔公二年》：「冬十二月，狄人伐衛。衛懿公好鶴，鶴有乘軒者。將戰，國人受甲者皆曰：『使鶴，鶴實有祿位。余焉能戰。』」「及狄人，戰於熒澤，衛師敗績。遂滅衛。」「文公為衛之多患也，先適齊。及敗，宋桓公逆諸河，宵濟。衛之遺民男女七百有三十人，益之以共、滕之民為五千人，立戴公以廬於曹。許穆夫人賦《載馳》。」這一條寫歷史上許穆夫人赴國難的背景。也許在當今時代，出現一個女外交家不算太稀奇。但在春秋時期，許穆夫人的出現，她所衝破的壓力和艱難就絕非今日之可想像的了。那不僅需要機遇，需要眼光和魄力，更需要勇氣和毅力，因為與傳統而戰是最難的。這就是千百年來許穆夫人令國人敬仰的原因。

衛風篇

淇奧

瞻彼淇奧，綠竹猗猗。有匪君子，如切如磋，如琢如磨，
瑟兮僴兮，赫兮咺兮。有匪君子，終不可諼兮。
瞻彼淇奧，綠竹青青。有匪君子，充耳琇瑩，會弁如星。

瑟兮僩兮。赫兮咺兮，有匪君子，終不可諼兮。

瞻彼淇奧，綠竹如簀。有匪君子，如金如錫，如圭如璧。

寬兮綽兮，猗重較兮。善戲謔兮，不為虐兮。

淇　淇水。

奧　崖岸深曲之處。

猗猗　猗，音依，鬱鬱茂密的樣子。以竹喻衛武公。

匪　同「斐」。有匪，即斐斐，文采鮮明的樣子。

切磋琢磨　比喻主人公的精進修養，中規中矩。《爾雅》：「骨謂之切，象謂之磋，玉謂之琢，石謂之磨」切磋琢磨見出當時工藝水準分工既細緻，加工又精緻。這是用當日最高的科學技術和工藝水準來比喻偶像。

瑟　莊嚴。

僩　音限，威武。

赫　光明。

咺　音選，坦蕩。

諼　音宣，忘。

充耳　古人頭飾上垂在兩側以塞耳的玉飾，即瑱，功用同今之耳塞。《毛傳》：「充耳謂之瑱；琇瑩，美石也。天子玉瑱，諸侯以石。」《詩經稗疏•小雅》：「充耳者，瑱也，冕之飾也。」琇瑩在這裏是形容玉石的美麗。今有成語充耳不聞。

會弁　指拼合縫製的皮帽子。會，縫製交合之處。弁，音便，皮帽子。如星，指皮與皮之間帽縫上的玉石如同星星一樣閃亮耀眼。

簀　音則，聚集。

金　此處指青銅。

圭　音歸，一種長條形，上端作三角形，下端正方的玉器。中國古代貴族朝聘、祭祀、喪葬時用的禮器。

璧　平圓形中間有孔的玉，古代在典禮時用作禮器，亦可作飾物。《毛傳》：「金錫煉而精，圭璧性有質。」金、錫、圭、璧與上文的切、磋、琢、磨均為那個時代的文化精品的標誌。

寬　寬厚能容人。綽：從容大度。

猗　「倚」之借字。依重，信任依賴。較：古代卿士貴族所乘的車。《論語。鄉黨》皇疏：「古人乘路車，皆於車中倚立，倚立難久，故于車中安一橫木，以手隱憑之，謂之為較。《詩》：『猗重較兮』是也。」

戲謔　開玩笑。

虐　過分。善戲謔兮，不為虐兮，這句是說善於看玩笑，但不過分。

這是讚美衛武公的詩歌。古今沒有異說。大概是《詩經》中美刺的典範代表。

關於衛武公，歷史上有這麼幾條記載：

《毛序》：「美武公之德也。有文章，又能聽其規諫，以禮自防，故能入相於周，美而作是詩也。」

司馬遷《史記》：「修康叔之政，百姓和集。犬戎殺周幽王，武公將兵往，佐周平戎甚有功」

徐幹《中論／修本》：「衛武公年過九十，猶夙夜不怠，思聞尋道。命其群臣曰：『無謂我老耄而舍我，必朝夕交戒。』」

在《詩經》中，如果找出對於中國知識份子人格影響最大的一首詩歌的話，那麼捨《淇奧》而莫屬。

這篇詩歌以竹子起興，也以竹子比喻主人公。《詩經》中以物喻人的作品很多，但作為物象固定下來的不多，本篇以竹喻人固定了下來，得到了認可。而中國人的竹文化也自此始，竹子成為四君子之一，成為知識份子的人格象徵。詩中「淇奧」本為地點，但也成為竹子的代表。中國人畫竹子的畫，題字往往就是這兩個字。王子猷說：「不可一日無此君。」蘇東坡說：「寧可食無肉，不可居無竹。」都是以竹為喻的名句，成為一種文化意象，可見竹子在中國文化中的地位。詩中雖然寫的是衛武公，附麗的卻是知識份子的形象和人格的理想。所賦予的形象和意象既有外在的，又有內在的；既有優美的一面，又有壯美的一面；既嚴肅，又活潑，因符合儒家思想中的中庸之道而廣泛得到了首肯。

碩人

碩人其頎，衣錦褧衣。齊侯之子，衛侯之妻，
東宮之妹，邢侯之姨，譚公維私。
手如柔荑，膚如凝脂，領如蝤蠐，齒如瓠犀，
螓首蛾眉。巧笑倩兮，美目盼兮。
碩人敖敖，說于農郊，四牡有驕，朱幩鑣鑣，
翟茀以朝。大夫夙退，無使君勞。
河水洋洋，北流活活。施罛濊濊，鱣鮪發發，
葭菼揭揭。庶姜孽孽，庶士有朅。

碩人　指莊姜。頎，長大。碩，頎，都是身材高大的樣子。由此可見古代的人對於女性美的審美觀念是以大為美的。

衣錦　穿著錦衣。衣，用作動詞。錦，古代織著精緻圖案的絲織品。錦衣在古代是非常貴重的時裝，成語有衣錦還鄉，錦衣夜行。褧：用麻一類的纖維織成的紗罩衣。《鄭箋》認為錦衣太惹眼（「為其文之太著」），於是外面罩上褧衣。但「仍微見在內之衣」。

齊侯　指齊莊公。

子　女兒。古代男孩女孩都可稱子。

衛侯　指衛莊公。

東宮　指齊國的世子得臣。東宮為世子（太子）居住的地方，因稱世子為東宮。

邢侯　《說文》：「邢，周公子所封。」始封地在今河北邢臺。

姨　妻子的姐妹。

譚　諸侯國名，在今山東省的濟南市東南。

私　《毛傳》：「姊妹之夫曰私。」以上均言碩人出身高貴，聯絡有親。可見春秋時衛、齊世代聯姻，可見古代貴族的政治聯姻。

荑　音提，白茅嫩芽。

凝脂　凝固的油脂。

蝤蠐　木蠹蟲的幼蟲。

瓠犀　葫蘆子。

螓　蟬屬而小。

蛾　蠶蛾。王先謙《集疏》：「蛾眉者，眉以長為美。蠶蛾眉角最長，故以為喻。」現在這個比喻用爛了，但在古代，在這首詩中卻新鮮。

倩　指笑的時候兩頰出現的酒窩。

盼　眼睛轉盼流動而黑白分明的樣子。

敖敖　如頎頎，也是身材高大修長的樣子。

說　音義均同稅，車馬停留休息。農郊，指衛國都城的近郊。

四牡　駕車的四匹雄馬。

驕　《毛傳》：「驕，壯貌。」《說文》：「馬高六尺為驕。」此處指高頭大馬。

朱幩　幩，音墳，指纏在馬鑣上用以扇汗的紅綢子之類的飾物。

鑣　馬銜及馬鑣兩旁鐵飾物。鑣鑣，在這裏用作形容詞，華麗繁盛的樣子。王先謙《集疏》：「重言鑣鑣者，四牡皆有鑣，聯翩齊騁，故《傳》云盛貌。此實字虛詁之例，會意為訓也。」

翟　長尾野雞。此處指用野雞毛裝飾女車。

茀　音弗，竹製的遮蔽女車用的屏障。

以朝　朝見，指親迎隊伍。以上寫親迎隊伍之排場。

夙退　早點離開。

君　此處指莊姜。王先謙《集疏》：「其君者，女君也。『無使君勞』，極形夫人之尊貴。」也可以理解為莊姜和衛莊公兩個新人。

洋洋　水勢盛大的樣子。

活活　流水聲。

施　撒開。

罛　漁網。

濊濊　撒網聲。

鱣　音同沾，大鯉魚。

鮪　與鯉魚同科，大概指草魚。

發發　魚尾甩動的聲音。

葭　音家，未開花的蘆葦。

菼　荻草。

揭揭　修長茂盛的樣子。

庶　眾。

姜　齊國貴族為姜姓。庶姜，指陪嫁的姜姓女子。

孽孽　盛飾，打扮華麗漂亮的樣子。

庶士　這裏指眾多的陪嫁的男子。《毛傳》：「齊大夫之送女者。」有朅。即朅朅。威武雄壯的樣子。

這是一首讚美婚姻的詩歌，可以與前面的〈關雎〉、〈桃之夭夭〉對讀。不同的是，前面的〈關雎〉、〈桃之夭夭〉是一般的賀婚詩，而這首詩專寫貴族的婚禮，而且有專指，即婚禮的女主人公是莊姜。由於是貴族的婚禮，所以強調的是身份之高貴，衣飾之華美，面容之美麗，場面之莊嚴和排場，以及婚後對於土地、河流、人口和豐收的期望。這讓我們感受到春秋時期貴族的婚姻世俗實況。

但是今天人們大概對於貴族婚禮排場的描寫大多淡忘了，唯有詩中對於女性之描寫留下深刻印象。像莊姜的「手如柔荑，膚如凝脂，領如蝤蠐，齒如瓠犀，螓首蛾眉，巧笑倩兮，美目盼兮」，尤其是最後兩句「巧笑倩兮，美目盼兮」成為千百年來讚頌女性美的名句。清人姚際恒在《詩經通論》中盛讚說：「千古頌美人者，無出其右，是為絕唱。」

這段頌美人的句子好在哪裡呢？首先在於它用當時人們習見的東西進行恰切的比喻，把模糊、遙遠變成了確切、眼前，並且常見，熟悉的東西，產生了聯想。其次是通過最後兩句，又把零碎，分離，靜態的比喻，連成了一個流動的充滿活力的整體，賦予了美的生命，而且那生命是青春的，活生生的，恍如眼前而千古不磨。

氓

氓之蚩蚩，抱布貿絲。匪來貿絲，來即我謀。
送子涉淇，至于頓丘。匪我愆期，子無良媒。
將子無怒，秋以為期。
乘彼垝垣，以望復關。不見復關，泣涕漣漣。
既見復關，載笑載言。爾卜爾筮，體無咎言。
以爾車來，以我賄遷。
桑之未落，其葉沃若。于嗟鳩兮！無食桑葚。
于嗟女兮！無與士耽。士之耽兮，猶可說也。
女之耽兮，不可說也。

桑之落矣，其黃而隕。自我徂爾，三歲食貧。
淇水湯湯，漸車帷裳。女也不爽，士貳其行。
士也罔極，二三其德。
三歲為婦，靡室勞矣。夙興夜寐，靡有朝矣。
言既遂矣，至于暴矣。兄弟不知，咥其笑矣。
靜言思之，躬自悼矣。
及爾偕老，老使我怨。淇則有岸，隰則有泮。
總角之宴，言笑晏晏。信誓旦旦，不思其反。
反是不思，亦已焉哉！

氓　《說文》：「民也」。一說為美貌的樣子。此詩中的男子屢次轉換稱呼，反映了女主人公的感情變化。蚩蚩：敦厚的樣子。

布　布匹。一說指布幣。

貿　交易，交換。

匪　非。

即　就，接近。

謀　謀劃，商量。《鄭箋》：「此民非來貿絲，但來就我，欲與我謀為室家也。」

子　男子的美稱。馬瑞辰《通釋》：「與男子不相識之初，則稱氓。約與婚姻，則稱子。子者，男子之美稱也。嫁則稱士。士者，夫也。」涉淇：渡過淇水。淇：淇水。

頓丘　地名。

匪我愆期　不是我拖延日期。

將　請求。

乘　登上。

垝　毀壞殘缺。

垣　土牆。

復關　地名。

漣漣　眼淚不斷下流的樣子。

爾　你。指氓。

卜　用火灼龜甲，視龜甲上的裂紋以斷吉凶。

筮　用蓍草的排比來推算吉凶。

體　現象。《毛傳》：「龜曰卜，蓍曰筮。體，兆卦之體。」

賄　財物，這裏指嫁妝。

遷　搬走。

沃若　潤澤柔嫩的樣子。

于　同「吁」。

鳩　斑鳩。

桑葚　桑樹的果實。《毛傳》：「鳩，鶻鳩也，食桑葚過則醉而傷其性。」

耽　迷戀。

說　同「脫」。擺脫，解脫。
隕　落下。此處以桑葉變黃隕落比喻自己容貌的衰老。
徂爾　到你家。
徂　往。
三歲　虛指。多年。
食貧　過苦日子。
湯湯　水勢盛大的樣子。
漸　浸濕。
幃裳　女子所乘車廂兩旁的飾物。王先謙《集疏》：「此婦更追溯來迎之時，秋水尚盛，已渡淇徑往，幃裳皆濕，可謂冒險，而我不以為阻也。以上四句，皆不爽之證。」
爽　差錯。
貳　「忒」的借字。差錯。
行　行為。
罔極　無準則，反覆無常。罔，同無。極，準則。

二三其德　三心二意，感情不專一。
三歲　虛指。指從初婚到現在。
靡室勞矣　沒有什麼家務活不幹的。靡，沒有。室勞，家務活。
夙興夜寐　夙，早。興，起來。寐，睡。早起晚睡，形容勤奮。
靡有朝矣　天天如此。《鄭箋》：「無有朝者，常早起夜臥，非一朝然，言己不懈惰。」
言　語首助詞。遂：安。指生活安定。
暴　兇暴。指氓開始以兇暴的態度對待自己。
咥　音戲，大笑的樣子。
躬　自身，自己。
悼　傷心。
及　與，和。
怨　這裏是痛苦的意思。
淇則有岸，隰則有泮　隰，音錫，低濕的地方。泮，陂，崖岸。「淇則有岸，隰則有泮」的意思是說淇水和濕地都有盡頭。
總角　指童年時將頭髮紮成兩角的形狀。《孔疏》：「男子未冠，婦人未笄，結其髮，聚之為兩角。」

晏晏 溫柔安和的樣子。《毛傳》：「晏晏，和柔也。」

信誓 表示誠意的誓言。

旦旦 誠懇的樣子。

不思 沒想到。

反 反覆，變心。反是，違背了這個誓言。

已焉哉 算了吧。《鄭箋》：「自決之辭。」

這是中國第一首長篇敘事詩歌，敘述的是被遺棄的女子的怨憤。她的一生十分不幸，但坦然而堅強地面對著。事情大概發生在中國的婚姻制度尚沒有完備或處於自由戀愛向媒妁之言過渡的時期，故作品中的婦女和氓有戀愛，但要求有媒人，又在缺少「良媒」的情況下仍然可以自由結合。

她和氓的結合在當時可能是很平和自然的事，在今天看來也沒有什麼不妥，無非是婚姻破裂而已。但在封建社會的文化中，這種結合就受到了詛咒，以至她的不幸遭遇並沒有得到多少同情，最典型的評論就是權威的《詩集傳》作者朱熹說的話：「此淫婦為人所棄，而自敘其事以道其悔恨之意。」這是朱熹用封建社會的意識形態和立場去評論古代社會婚姻制度尚未完備時期發生的事情和人物行為的觀點——雖然詩歌中的婦女沒有什麼淫行，卻被套上了「奔女」、「淫婦」不光彩的帽子。

在中國封建社會的婚姻制度下，婦女要嫁人，必須經過「三媒六聘」，又稱「三書六聘」或「三姑六聘」的程式，總之要明媒正娶，以示很鄭重。如果不是這樣，是自由戀愛，沒有經過這些程式，就被認為淫亂，就不受法律和輿論的保護，就具有原罪，就被認為「禮儀消亡，淫風大行，男女無別，遂相奔誘，花落色衰，復相棄背」（《毛序》）。因此被棄是罪有應得，不值得同情。

這首詩歌中氓的形象不是正面的，一副負心漢的樣子，古今沒有異議。氓的形象為中國古代文學作品中譏諷商人的傳統開了一個壞的端倪，這種狀況大概明中葉之後才有所改變。

伯兮

伯兮朅兮，邦之桀兮。伯也執殳，為王前驅。

自伯之東，首如飛蓬。豈無膏沐？誰適為容！

其雨其雨，杲杲出日。願言思伯，甘心首疾。

焉得諼草？言樹之背。願言思伯。使我心痗。

伯　原為長幼的稱謂，老大，大哥的意思。此處或指丈夫，或指戀人。

朅　音妾，勇武英健的樣子。

邦　國。此處指衛國。

桀　才智出眾。

殳　音書，古代兵器，丈二長，無刃。更多是作儀仗用。

前驅　先導。這裏是作護衛儀仗的意思。《周禮》：「祭祀授旅賁殳，故士戈盾」。可見女主人公的伯是貴族。

之　往。

飛蓬　蓬草遇風散亂的樣子。比喻缺乏梳洗的頭髮。

膏　潤面的油膏。

沐　洗浴。

誰適為容　打扮了給誰看。《毛傳》：「婦人夫不在，無容飾。」

其雨　盼著下雨。其，語助。馬瑞辰《通釋》：「其，猶庶幾也。」表示一種希望的語氣。

杲　音搞，光明的樣子。《鄭箋》：「人言其雨其雨而杲杲然日復出，猶我言伯且來伯且來，則復不來。」

願言　念念不忘的樣子。

甘心首疾　即痛心疾首。

焉　何處。

諼草　即萱草。《毛傳》：「諼草令人忘憂。」

樹　種植。

背　同北。

痗　音妹，心痛。

這是最早表述女為知己者容的觀念的詩歌。女為知己者容對不對呢？作為愛情的表述當然很令人讚歎，但是作為一種文化現象來看就有些欠缺。人為什麼打扮呢？在生物界，美是為了求偶的需要。但作為人，「容」應該成為高於求偶，是追求整潔，追求美，追求一種文化的更高層面的衝動。假如「容」成為一種非功利的自覺地追求是不是更好，更符合女性的獨立意識，更符合文明的進化呢？

牽掛自然是一種負擔。但牽掛和被牽掛同時也是一種幸福。這首詩表達的就是有牽掛的幸福感。被牽掛的男子顯然是幸福的，但被牽掛的男子更應當自勵。不見得人人都能成為「邦之傑」，但至少要成為值得女人愛的人。

有狐

有狐綏綏，在彼淇梁。心之憂矣，之子無裳。
有狐綏綏，在彼淇厲。心之憂矣，之子無帶。
有狐綏綏，在彼淇側。心之憂矣，之子無服。

綏綏　音雖，舒適自得的樣子，一說是獨行的樣子。各家解釋不同，都含有寂寞孤獨的意味。
淇　淇水。
梁　橋。
裳　下衣。
厲　「瀨」的借字，水邊有沙石的地方。
帶　衣帶，即紳。
側　旁邊。
服　衣，往往指比較正規的服裝。

這首詩是女子表達愛情的詩歌。她不是空喊怎麼怎麼愛你，而是直接關心男子的衣飾起居。通過這種關心來表達愛意。

男女成家從生育的意義上是為了延續，從生活的意義上是為了存續，就是共同生活，互助合作。不過，在東方，大概女性對於男性愛慕的表達也有著傳統的特色——特別在生活起居上加以關心。這是婚姻功利和本能的一面。詩中狐狸的形象很可注意，大概開啟了以狐狸表達性的苦悶，參與人的生活角色的形象先例，對於後世狐文化很有影響。

木瓜

投我以木瓜，報之以瓊琚。匪報也，永以為好也！
投我以木桃，報之以瓊瑤。匪報也，永以為好也！
投我以木李，報之以瓊玖。匪報也，永以為好也！

木瓜　薔薇科植物，果實可食用。《毛傳》：「楙木也，可食之木。」
瓊　美玉，《毛傳》：「玉之美者」。
琚　佩玉的一種。
木桃　即今桃子。
瓊瑤　美玉。
木李　李子。胡承珙《後箋》：「《詩》言木桃、木李，因上章『木』字以成文耳。」
瓊玖　《說文》：「石之次玉，黑色。」

這首詩從某種意義上說講的是「投桃報李」，「禮尚往來」之意。但仔細推究，又不是一般意義上的互動。因為木瓜，木桃，木李均農業產品，現在便宜，在古代更便宜。瓊琚，瓊瑤，瓊玖，在現在貴重，在古代一定更貴重。因此詩歌表達的並非物質上的等價交換，而是重在永以為好，即精神層面的溝通，而精神和感情層面的溝通是不能用等價或價值來衡量的。古代對於這首詩歌的內涵有多種解釋，有的認為表達的是朋友之情，有的認為表達的是衛人讚美齊桓公救援衛國，有的人認為是男女相贈答之辭等等。無論是哪種說法，大概世上只有感情和精神上的溝通才能夠超越功利的層面。等價值的物質交換無異於商人和商品。

王風篇

黍離

彼黍離離，彼稷之苗。行邁靡靡，中心搖搖。
知我者，謂我心憂；不知我者，謂我何求。
悠悠蒼天，此何人哉？

彼黍離離，彼稷之穗。行邁靡靡，中心如醉。
知我者，謂我心憂；不知我者，謂我何求。
悠悠蒼天，此何人哉？
彼黍離離，彼稷之實。行邁靡靡，中心如噎。
知我者，謂我心憂；不知我者，謂我何求。
悠悠蒼天，此何人哉？

彼　《毛傳》：「彼宗廟宮室。」

黍　小米。

離離　茂盛而整齊的樣子。

稷　高粱。

行邁　遠行。馬瑞辰《通釋》：「邁亦為行。……『行邁』連言，猶《古詩》云『行行重行行』也。」

靡靡　遲緩的樣子。《毛傳》：「猶遲遲也。」

中心　即心中。

搖搖　憂心沉重的樣子。

謂我何求　認為我找什麼。《鄭箋》：「怪我久留不去。」

此何人哉　兩說。一說「何人」指造成這種悲劇的人。朱熹《詩集傳》：「追怨之深也」；一說「何人」指詩人自己。

穗　音歲，與下文的實，都是高粱的籽實。

噎　音耶，憂悶得難以訴說。

這是一首東周的大夫悲憫宗周滅亡的抒情詩。《毛序》：「憫宗周也。周大夫行役至於宗周，過故宗廟，宮室盡為禾黍，閔周室之顛覆，彷徨不忍去而作是詩也。」

觸景生情是人人都可能有的情感。但觸景生情必須具備兩個要素：第一個要素是此景此境與往昔對比強烈，或者能夠引起強烈的聯想，曾經經歷過。比如「高堂明鏡悲白髮，朝如青絲暮成雪」，「江畔何人初見月？江月何年初照人？」之類。第二個要素是面對此景此境的人感情必需豐富，是情性中人。一般的人不必也不可能感慨。但情感豐富的人就油然生情，乃至「心旌搖搖」了。如果這個感情豐富的人湊巧是個詩人，他就「在心為志，發言為詩」，就寫出了「感時花濺淚，恨別鳥驚心」的句子。

這首詩表達的感情濃烈而又含蓄蘊藉，有學者稱：「是胸中有種種甜酸苦辣寫不出來的情緒，索性都不寫了，只是咬著牙齦，長言永歎一番，便覺得一往情深，活現在字句上」。

後來「黍離」之歎，成為家國興亡感慨的代名詞。唐人耿湋的絕句「返照入閭巷，憂來誰共語？古道無人行，秋風動禾黍。」如果沒有《詩經》中的意象，就只是一種沒落感，但有了《詩經》的意象，便增添了歷史興亡的感慨內涵。

君子于役

君子于役，不知其期。曷至哉？雞棲于塒，
日之夕矣，羊牛下來。君子于役，如之何勿思！
君子于役，不日不月。曷其有佸？雞棲于桀，
日之夕矣，羊牛下括。君子于役，苟無饑渴？

君子　這裏指代丈夫。
於役　服役，勞役。
其期　服役的期限。

曷　音何，同「何」。什麼時候。
塒　音時，指在土牆上挖洞砌成的雞窩。《毛傳》：「鑿牆而棲曰塒。」

下來　指從山上下來。

如之何勿思　怎麼能不思念呢。

不日不月　指遙遙無期。無法計算日期。

佸　音活，《毛傳》：「會也。」指與丈夫團聚。

桀　即橛。打在地上的木樁。這裏指代雞窩。王先謙《集疏》：「就地樹橛，桀然特立，故謂之橛。但橛非可棲者，蓋鄉裏貧家編竹木為雞棲之具，四無根據，繫之於橛，以防攘竊，故云『棲於桀』耳。」

括　《毛傳》：「至也。」

苟　音狗，或許。《鄭箋》：「憂其饑渴也。」

這是一首居家的女子懷念遠行服役丈夫的詩歌。她從牛羊和雞的回返引起自己丈夫也應該回家了的聯想。與《黍離》在寫法上相同，都是觸景生情。不同的是，《黍離》生的是國事興亡的感慨，《君子於役》發的是小家庭離散的感慨。王國維在《人間詞話》中認為境界有大小，美感有壯美和優美之別，只是美的範疇不同而不妨礙欣賞。《黍離》的觸景生情闊大壯觀，有歷史的景深；《君子於役》則樸素溫馨，是家庭的感受。

這首詩在描寫上最大的特點就是樸實自然：有人，有山，有夕陽，有回窩的雞，有下山返家的牛羊——日暮黃昏，動物們都回家了，不由得引發了在家的婦女對於丈夫也該回家的聯想。其渾厚純美令人想到法國畫家米勒的名畫《晚禱》、《拾麥穗》。

中谷有蓷

中谷有蓷，暵其乾矣。有女仳離，嘅其歎矣。嘅其歎矣，遇人之艱難矣。

中谷有蓷，暵其脩矣。有女仳離，條其歗矣。條其歗矣，遇人之不淑矣。

中谷有蓷，暵其濕矣。有女仳離，啜其泣矣。啜其泣矣，何嗟及矣。

中谷 即谷中。

蓷 益母草。

暵 音漢，乾燥的樣子。

仳離 仳，音匹。仳離，分離。《毛傳》：「仳，別也。」

嘅 同慨。歎息。

艱難 不善，不好。

脩 肉乾，引申為乾枯。陳奐《傳疏》：「乾肉謂之脯，亦謂之脩。因之，凡乾皆曰脩矣。」

條 長。

歗 即嘯。條其嘯，就是長嘯。

不淑 不善。

濕 這裏也是曬乾的意思。

啜 抽泣哽咽的樣子。啜其泣，即啜啜泣泣。

何嗟及矣 即嗟何及。後悔也來不及了。

婚姻的選擇就是命運的選擇。這是一首婦女慨歎嫁錯了人的詩歌。詩中「遇人不淑」的句子成了女性婚姻不幸的代名詞。

無論就生存的意義上還是就延續的意義上講，婚姻都是人生的頭等大事。但古今中外，文學作品中慨歎婚姻失敗和痛苦的女性都遠遠多於男性。為什麼是這樣呢？是因為女性對婚姻的依賴程度高，還是敏感度高呢？抑或是男性對於婚姻的滿意度高於女性？

葛藟

緜緜葛藟，在河之滸。終遠兄弟，謂他人父。
謂他人父，亦莫我顧！
緜緜葛藟，在河之涘。終遠兄弟，謂他人母。
謂他人母，亦莫我有！
緜緜葛藟，在河之漘。終遠兄弟，謂他人昆。
謂他人昆，亦莫我聞！

緜緜　連續不斷的樣子。
葛藟　野葡萄。
滸　水邊。
終　既。過去時。
謂　稱呼。
顧　眷顧，理睬。
涘　水邊。
有　同「友」。親近、友愛。
漘　水邊。
昆　《毛傳》：「兄也。」
聞　同「問」。慰問救助。

人是社會的動物。而社會分為大大小小不同的圈子。圈子可以重疊交互而又有著分明的界限。不在這個圈子裏，你就得不到應有的保護和利益；進入這個圈子之中，你就可以受到保護和幫助。但進入這個圈子並不容易，需要一定的條件。

在中國古代的宗法社會，家族是最重要的圈子。血緣則是進入家族圈子最重要的條件。所謂「血濃於水」。非血緣關係要進入這個圈子，有好多種方法，比如認乾爹，認幹姊妹、認兄弟，比如聯姻等。有的成功，如水乳交融；有的不見得成功，所謂油水難以融洽，最終貌合神離。這首詩寫的就是融不進去失敗的感喟。有人說這首詩的主人公可能是贅婿。贅婿在中國古代地位很低，地位頗像童養媳——直到現在，上門女婿都缺乏榮耀感。

在中國有所謂「四海之內皆兄弟也」的說法，在西方有所謂平等博愛的口號，但實行起來並不容易，只是人類的一個理想。在現實中，想進入一個圈子而不被接納的痛苦，比比皆是。小到家庭，班級，大到一個單位，一個城市省份，一個國家，地區，都會碰到進入圈子的難題，只是在這首詩中進入的圈子有著濃鬱的中國宗法社會的特色而已。

采葛

彼采葛兮，一日不見，如三月兮！
彼采蕭兮，一日不見，如三秋兮！
彼采艾兮！一日不見，如三歲兮！

葛 葛藤。纖維可以織布。

蕭 蒿類植物。《毛傳》：「所以供祭祀。」

艾 蒿類植物。《毛傳》：「所以療疾。」

這是一首通過心理時間錯覺反映情侶之間思念痛苦的詩歌。

「一日不見，如三月兮」，的確有點誇張，體現了心理時間和物理時間的強烈反差。時間是每個人都擁有的，絕對平等。但有的人覺得日子過得飛快，所謂「日月如梭」；有的人覺得時間過得很慢，所謂「度日如年」。這種主觀的時間感受體現在日常的語言中，更反映在文學作品中。比如莎士比亞戲劇《羅密歐與茱麗葉》中茱麗葉盼望與情人的會見；王實甫《西廂記》中張生盼望與鶯鶯的相見，都採用了這一利用心理錯覺表達情感的文學手法。

大車

大車檻檻，毳衣如菼。豈不爾思？畏子不敢。

大車哼哼，毳衣如璊。豈不爾思？畏子不奔。

穀則異室，死則同穴。謂予不信，有如皦日。

大車　《毛傳》：「大夫之車。」

檻檻　車行聲。

毳衣　音脆，用獸毛織成，上繡五彩花紋的衣服。《毛傳》：「大夫之服。」

菼　音坦，《毛傳》：「蘆之初生者也。」此處形容毳衣的嫩綠色。

豈不爾思　難道不想念你。爾，此處指所愛戀的人。

不敢　膽子不大。朱熹《詩集傳》：「不敢奔也。」

啍啍　音吞，行車緩慢的樣子。《毛傳》：「重遲之貌。」

璊　音門，此處形容毳衣的紅色。《說文》：「玉赬色也。」

穀　吃飯。指代活著。《毛傳》：「生。」

異室　指不在一起。

穴　墓穴。

皦日　白日。皦，同「皎」。王先謙《集疏》：「指日為誓。」

這是一首婚姻遇到阻隔而指天發誓的詩歌。

現代人對於這首詩缺乏感同身受，很難體會其中的震撼力。其一是現代婚姻自由了，在戀愛和婚姻上基本可以做到隨心所欲，對於古代婚姻所遭受到的壓力之大和反抗之烈很難想像，覺得是很荒遠的過去。尤其是對於「死則同穴」認為不過是一種「但願同年同月死」的期望而已，假如我們考慮到當時的嚴酷環境，那麼這首詩的「死則同穴」所表現的就是準備以死相拼的決絕和慘烈。其二是，誓言的誠信是與信仰相聯繫的。我們現在的指天發誓有點戲謔的味道，因為大家都明白有意志的能獎懲的上天並不存在，指天為誓是虛言，而在古代指天為誓則是很沉重而壯嚴的誓言，絕非說說。

鄭風篇

將仲子

將仲子兮，無踰我里，無折我樹杞。豈敢愛之？
畏我父母。仲可懷也，父母之言，亦可畏也。
將仲子兮，無踰我牆，無折我樹桑。豈敢愛之？

畏我諸兄。仲可懷也，諸兄之言，亦可畏也。
將仲子兮，無踰我園，無折我樹檀。豈敢愛之？
畏人之多言。仲可懷也，人之多言，亦可畏也。

將　請。
仲子　男子的字。以排行為字。老二。
踰　越過，翻越。
里　古代的居住單元，住戶數目的多寡有不同的說法，大致相當於今之社區。
樹杞　杞，音起。杞樹。
折　折斷，這裏指攀援樹木。
樹桑　桑樹。
樹檀　檀樹。

這是一首表露少女在與心愛的小夥子幽會過程中，由於擔心被別人發現，擔心人言可畏，而欲迎還拒的隱秘心理的詩歌。

她愛小夥子，對於他前來幽會不是拒絕，而只是擔心可能被別人發現，這種心理狀態註定她的口頭上的請求不會發生效果。王鴻緒等《詩經傳說會纂》說：「由踰裏而牆而園，仲之來也以漸以迫也；由父母而諸兄而眾人，女之畏也以漸而遠也。」很準確地分析了詩歌行文的層次邏輯——即那個色膽如天的小夥子並沒有顧忌少女的請求，而是一關一關地突破，由遠而近；少女擔心被別人發現的提醒越來越缺乏震懾，越來越缺乏力度。這場心理上的攻防較量的結果最後當然不言而喻。

叔于田

叔于田，巷無居人。豈無居人？不如叔也，洵美且仁。
叔于狩，巷無飲酒。豈無飲酒？不如叔也，洵美且好。
叔適野，巷無服馬。豈無服馬？不如叔也，洵美且武。

叔　一種說法是專指，指鄭莊公之弟共叔段，《毛序》就是這種說法。另一種說法是泛指，叔可能是高級貴族，可能是獵人等等。田：田獵。《春秋公羊傳。桓公四年》何休注：「田者，蒐狩之總名也。」
巷　古代居邑中的道路，里巷。
洵　確實，真。
仁　仁愛。

狩　打獵。馬瑞辰《通釋》：「狩又為田獵之通稱，于狩猶於獵也。」

適　往，去。

野　郊野。古代特稱都城之外。

服馬　這裏指代馬車。古時一車四馬，中間的兩匹稱「服」。

武　英武。

這是一首讚美男性的詩歌。讚美他什麼呢？讚美他仁、好、武。那是對那個時代男子最全面的歌頌了，因為這包括了道德、容貌、武藝。當然還有飲酒——都可以見到那個時代的對於男子的評價標準和時尚。

中國的酒文化源遠流長，我們且不去討論。那個時代對於男子的審美標準之全面頗令人驚異，可以說「紛吾既有此內美兮，又重之以修能」是先秦時代貴族的普遍標準，這是很給我們現代人啟示的。

由於叔的去打獵，在當地造成了萬人空巷般的失落真空狀態，仿佛都隨著叔的離去而離去，一切都不復存在了。其誇張崇拜與今之所謂追捧神化明星並沒有什麼兩樣。

詩歌在誇張描寫上形成了範式：首先進行誇張式判斷（巷無居人），然後進行理性質詢（豈無居人），最後解釋或補充說明（不如叔也），從而造成了聳動的效果。其實日常生活中由於辭彙的省略或缺失比比皆是，只是人們往往渾然不覺。但一經詩人拈出，便有了文學的趣味。韓愈在〈送溫處士赴河陽軍序〉中說：「伯樂一過冀北之野而馬群遂空，非無馬也，無良馬也。」也是繼承了這一範式。

大叔于田

大叔于田，乘乘馬。執轡如組，兩驂如舞。
叔在藪，火烈具舉。袒裼暴虎，獻于公所。
將叔無狃，戒其傷女。
叔于田，乘乘黃。兩服上襄，兩驂鴈行。
叔在藪，火烈具揚。叔善射忌，又良御忌，
抑磬控忌，抑縱送忌。
叔于田，乘乘鴇。兩服齊首，兩驂如手。

叔在藪，火烈具阜。叔馬慢忌，叔發罕忌，
抑釋掤忌，抑鬯弓忌。

乘馬　古時一車四馬為一乘。

轡　音配，馬韁繩。組：用於編織的一排排絲線。執轡如組意為有條不紊，從容有序。《呂氏春秋。先己》：「《詩》曰：『執轡如組』。孔子曰：『審此言也，可以為天下。』子貢曰：『何其燥也？』孔子曰：『非為其燥也，謂其為之于此而成文於彼也，聖人組修其身而成文於天下矣。』」

兩驂　驂，音參。駕車的四匹馬中在兩旁的馬叫驂馬。如舞，指馬訓練有素，步伐從容和諧。

藪　音叟，低窪而多草木的地方。陸德明《釋文》引《韓詩》：「禽獸居之曰藪。」

火烈具舉　古代打獵的一種方式。即用火把野獸按照一定的方向趕出來。烈：遮迾。陳奐《傳疏》：「遮迾山澤而以火焚之也。」

袒裼　光著膀子。《毛傳》：「肉袒也。」

暴　通「搏」，徒手搏鬥。《毛傳》：「暴虎，空手以搏之。」

公所　這裏指聚集獵物的地方。

將　請求。

狃　滑熟輕易。意為不要因為熟習而輕慢。

戒　警戒。

女　同「汝」。

乘黃　指四匹黃馬。

兩服　指四匹馬中中間的兩匹馬。上襄：昂揚前行。王引之《述聞》：「上襄，猶言並駕於前。」襄，昂揚。

雁行　在後面有次序的隨行。王引之《述聞》：「雁行，謂在旁而差後。」

具揚　即具舉。一起發動。

善射　善於射箭。

忌　語助。

良御　擅長駕車。

抑磬控　抑，發語詞。磬控，指像磬一樣彎著腰駕車。胡承珙《後箋》：「磬即磬折之謂。……凡騁馬時，人之立於車中者，身必稍曲向前，故謂之磬。」磬，古代打擊樂器，形狀像曲尺，用玉、石製成，可懸掛。控，操控。

縱送　指射箭和放馬追逐。《毛傳》：「發矢曰縱，從禽曰送。」

乘鴇　鴇，音保。黑白相雜的馬。

齊首　齊頭並進。

如手　指有次序地在後面跟進。

阜　盛。胡承珙《後箋》：「此詩自是宵田用燎。初獵之時，其火乍舉。正獵之際，其火方揚。末章獵畢將歸，持燭照路，火當更盛，故曰阜也。」

發罕　射箭漸少。發，射箭。罕，少。

釋　打開。

掤　箭筒蓋。釋掤，即收起了箭。

鬯　音唱。通「韔」，弓袋，此處用如動詞。鬯弓，即將弓收起。

這首詩可能是前一首詩的姊妹篇，主人公可能是同一人，加一大字，以與前篇區別。

兩首詩描寫的側重點有較大的區別。前一篇是烘雲托月的寫法，借助於想像的空間，全面而綜合地描寫叔的超人逸群，像速寫，像小品；這首詩則集中描寫叔的田獵而細緻鋪敘。既有大場面的宏觀展示叔對於田獵的把握操控，從容自如，有條不紊，有著較大的景深和層次；又有關於叔的近景特寫鏡頭，聚焦叔的孔武有力，技巧嫺熟，繼而在敘事中抒發了不由自主地讚歎、欣賞、告誡、珍惜之情，頗類似於電影中的大片。其中關於大叔射獵技巧的描寫綿密工細，兼有數學的精確，音樂的節奏，繪畫的美感，姚際恒在《詩經通論》中讚歎說：「描摹工豔，鋪張亦複淋漓盡致，便為〈長楊〉、〈羽獵〉之祖。」

遵大路

遵大路兮，摻執子之袪兮。無我惡兮，不寁故也！

遵大路兮，摻執子之手兮。無我䰩兮，不寁好也！

遵　循，沿著。

摻執　把持，拽著。

袪　袖口。

惡　厭惡。無我惡，就是不要討厭我。

寁　音捷，迅速。故，故舊，故人。

䰩　同「醜」。《孔疏》：「醜惡可棄之物。」無我䰩，就是不要嫌我醜。

這是婦女在戀情破裂分手時所作的哀求。

緣於性格，男女在分手時各種各樣的反應都是正常的。愛應該不應該有自尊？這是一個頗為複雜的問題。問題是失去尊嚴的愛，是否能夠長久和維持呢？

詩歌打破了常態的故事型敘事，沒頭沒尾，不像〈氓〉，也不像〈谷風〉，而是集中寫分手時的一個場景。頗類似於繪畫或照相中的大特寫，雖然聚焦於局部，但給人留下的印象非常深刻。

在世界藝術進化史上，往往開始時都是籠統地全場景描寫。而僅截取一個部分，一個段落加以描寫，是敘事上的一種嘗試，稱作一種進化式的突破也未嘗不可。

女曰雞鳴

女曰雞鳴，士曰昧旦。子興視夜，明星有爛。

將翱將翔，弋鳧與雁。弋言加之，與子宜之。

宜言飲酒，與子偕老。琴瑟在御，莫不靜好。

知子之來之，雜佩以贈之。知子之順之，雜佩以問之。

知子之好之，雜佩以報之。

昧旦　即太陽尚未出現在地平線上。昧，暗。《說文》：「旦，明也。從日，見一。」

子　你。

興　起來。

明星　這裏指啟明星。即金星。有爛，爛爛。鮮明閃亮的樣子。《毛傳》：「言小星已不見也。」

將翺將翔　指鳧與大雁已經翺翔。將，語助。

弋　射。以生絲為繩，系在箭上射鳥的方式。

鳧　野鴨。

言　語助。

加　射中。

宜　此處指烹調。《毛傳》：「肴也。」

御　用，彈奏。

靜好　和睦友好。

子　這裏指妻子。

來　殷勤。

之　語助。叶韻用。

雜佩　集中多種玉石的佩件。陳奐《傳疏》：「集諸玉石以為佩，謂之雜佩」。

順　柔順。

問　贈送。《毛傳》：「遺也。」

好　愛戀。

描繪夫妻生活的文學作品不好寫，詩歌尤其如此。為什麼？因為容易瑣屑，容易平淡。這首詩寫得卻不平淡。為什麼能不平淡？因為有波瀾，有興味。有波瀾，是因為寫出了矛盾，寫出了生活的豐富性。有興味，在於寫出了生活的美好和理想。人不能一味地工作，也不能一味地玩，要有節奏，要有興趣和感情在其中。這首詩的夫妻生活就既有勞動，又有享樂，生活雖不甚富裕但和諧。不富裕的生活不見得不快樂，本詩就表現了在生活的輕快節奏中顯現著美好和諧的情感生活。

不過，即以我們現在的生活標準來看，詩中主人公的生活也頗為消閒，高雅，大概在那個時代是屬於青年貴族的生活吧！

當代男女表達情感由於受有西方文化的影響，往往以花表達。在《詩經》中，我們看到中國古代的男女在表達情感時往往以玉——不僅戀愛時「報之以瓊琚」，就是夫妻之間也「雜佩以贈之」——這就是中國古代的玉文化。

有女同車

有女同車，顏如舜華。將翱將翔，佩玉瓊琚。彼美孟姜，洵美且都。

有女同行，顏如舜英。將翱將翔，佩玉將將。彼美孟姜，德音不忘。

舜　木槿。草本花，開淡紫或紅色花。

華　同「花」。

將翱將翔　形容女子步態優雅輕盈。將，語助。

瓊琚　音窮居，美玉。形容女子打扮得高雅講究。

孟姜　如今稱大妹子。孟，排行居長。姜，齊國貴族女子姓氏。

都 美麗嫻雅。

舜英 即舜華。《毛傳》：「猶華也。」

將將 佩玉相碰撞發出的聲音。

德音 美好的音容笑貌。

這首詩寫同行的女子給詩人留下的美好印象。

這種邂逅每個人一生幾乎都可以遇到。女子儀態萬方，不僅面容漂亮，體態輕盈，而且氣質高雅，給詩人留下的是一種古典精神美的享受。

美的欣賞其實不是一件容易的事情。對於人之美的欣賞更不是容易的事情。能夠欣賞到美當然是一種幸福，但欣賞美而不佔有美，更是一種高貴心靈的幸福。

臺灣出品的電影《白娘子傳》裏有一首歌曲，歌詞稱「百年修得同船渡。千年修得共枕眠」。也就是說「共枕眠」比「同船渡」更幸福。不過，這是以世俗婚姻為最高目標的標準。如果純粹是站在美的立場上，「同船渡」就不見得一定不如「共枕眠」，幹嘛一定要「共枕眠」呢？

山有扶蘇

山有扶蘇，隰有荷華。不見子都，乃見狂且。

山有喬松，隰有游龍，不見子充，乃見狡童。

扶蘇　又作「扶疏」。指枝柯四處伸展的大樹。

隰　音席，濕地。

荷華　即荷花。

子都　古代著名的美男子。《孟子》：「至於子都，天下莫不知其姣也。」

狂且　狂行鈍拙的人。

喬松　高大的松樹。喬，高大挺立。

游龍　又稱「馬蓼」，生於水澤中，葉大而赤白色，高丈餘。

子充　古代美男子的美稱。《孔疏》：「充，實也，言其性行充實。故曰子充。《孟子》云：『充實之為美。』子都謂容貌之美，子充謂性行之美也。」

狡童　大概是當時女孩們稱呼男孩的通俗用語，
含義頗豐富。這裏是「壞小子」的意思。

打情罵俏是情人之間的遊戲。它可以是愛的試探，不滿的輕度發洩，愛極的一種變態施虐或變形的俏皮。它施之於特定的對象，是有度地藝術地施虐，往往也能得到會心而良性地回應。

這種遊戲是不是在所有的民族中都存在呢？單純從語言上看，它肯定傷害著自尊，而且辭彙對象往往是針對男性的。如果我們把情歌中的這些辭彙重新打造一下變成針對女性的將會怎樣呢？是不是打情罵俏的專屬權更多地存在於潑辣強勢的女性一方呢？

蘀兮

蘀兮蘀兮，風其吹女。叔兮伯兮，倡予和女。
蘀兮蘀兮，風其漂女。叔兮伯兮，倡予要女。

蘀　音拓，枯葉。
女　同「汝」。這裏指樹葉。
叔兮伯兮　類似於我們現在說老少爺們。叔、伯，對於男性年長者的稱呼。
倡　即「唱」字。
和　以歌聲相和。
漂　同「飄」字。
要　同「邀」字。

大概在遠古時代，邀請別人唱歌跳舞是很自然而隨意的事情，就像我們在天真浪漫的兒童時代邀請同村同區的小朋友一起做遊戲一樣再輕鬆不過了。那是同一個藍天下，人類生命的呼喚。可隨著文明的發展，成人以後，如果再邀請別人參加唱歌跳舞，則被賦予了太多不應有的內涵。

關於這首詩歌的前兩句「蘀兮蘀兮」，有人認為是「比興」——從樹葉的飄落感受到青春的逝去，流露著很強的生命意識，因此有象徵意味。於是認為這也便是一首情歌。但如果按照顧頡剛對於《詩經》中比興的說法，「蘀兮蘀兮」也可以看做只是隨手拈來，並無深意。不過，正是可能由於隨手拈來，使得這首詩歌單純、樸實，如同天籟了。

狡童

彼狡童兮，不與我言兮。維子之故，使我不能餐兮。
彼狡童兮，不與我食兮。維子之故，使我不能息兮。

狡童　《孔疏》認為是「姣好之幼童」。不過，翻譯成親昵的「壞小子」一詞大概更貼切些。

維　同「惟」。

以　因為。

餐　飲食。

息　這裏是平靜的意思。

什麼叫深陷於愛情漩渦之中了？這首詩歌提供了檢驗的標準。只不過是鬧了彆扭，就讓少女如此痛苦，可以想像如果真的破裂，還不傷心欲絕啊！

痛苦並快樂著，痛苦而可以詠歎，自我欣賞並沉浸其中，大概只有愛情才具有這種悖論。

前南斯拉夫有一首歌曲叫〈深深的海洋〉，歌詞唱道：「深深的海洋，你為什麼不平靜，不平靜就像我的愛人，那一顆動盪的心。」「告別了歡樂，告別了青春，不忠實的少年拋棄了我，叫我多麼傷心。」傳到中國後，引起中國年輕少女一片傳唱。音樂沒有國界，詩歌也沒有國界，在感情上古今中外是相通的。

褰裳

子惠思我，褰裳涉溱。子不我思，豈無他人？狂童之狂也且！

子惠思我，褰裳涉洧。子不我思，豈無他士？狂童之狂也且！

惠　愛。《毛傳》：「愛也。」

褰　音千，提起。

裳　下衣。類似今天的裙子，男女都穿。

溱　音針，河名。在今河南新鄭南與洧水會和。

童　昏聵癡呆的樣子。

也且　語尾助詞。

洧　音偉，洧水。發源於今河南登封縣北，在新鄭縣東南與溱水交匯。

士　此處指別的青年男子。

朱熹對這首詩有合理的解釋，他說：「淫女語其所私者曰：子惠然而思我，則將搴裳而涉溱以從子。子不我思，則豈無他人之可從，而必與子哉？狂童之狂也且，亦謔之詞。」其中的「褰裳涉溱」朱熹認為是少女自己，不過「褰裳涉溱」也可以是男性，可以解釋為少女對自己中意的男子說：「你如果真愛我的話，就提起衣裳涉水趟過溱水過來」——當日溱水洋洋，蹚水過河未嘗不是對於愛情的考驗呢。

小詩寫得很曲折。僅看前四句，表達的是愛情的選擇和被選擇是自由的，頗似無情。但在「豈無他人」之後，加上了「狂童之狂也且」，則表明少女的選擇性攤牌，其實只是意在逼促對方，在親昵的詈罵中表達的是對於對方缺乏主動的不滿。

丰

子之丰兮，俟我乎巷兮，悔予不送兮。
子之昌兮，俟我乎堂兮，悔予不將兮。
衣錦褧衣，裳錦褧裳。叔兮伯兮，駕予與行。
裳錦褧裳，衣錦褧衣。叔兮伯兮，駕予與歸。

丰　面容豐滿敦實。

巷　里巷。

送　這裏是隨順而去的意思。胡承珙《後箋》：「此女悔其不行，故托言於其家之不致，非自謂其不送男子也。」

昌　壯大魁梧的樣子。

堂　廳堂。

將　與「送」同義。

衣錦褧衣　參見《碩人》注。衣，動詞，穿。褧衣，用絹或麻紗織成的單披在錦衣之外作為裝飾。《毛傳》：「衣錦褧裳，嫁者之服。」

裳錦褧裳　裳，下衣，如裙。古代男女皆可以穿。裳錦褧裳，意為渾身上下都做好出嫁的準備。

駕　駕著親迎的車子來。

行　指出嫁。

歸　與上文的「行」同義。指出嫁。

這是在婚姻上失去了機會，痛苦追悔的同時期望出現奇跡的詩歌。

人生就像是一條奔騰向前的河流，逝者如斯，無法回頭。一旦失去了，可能就永遠失去了。這種事情過去有，現在有，將來也不可能杜絕。至於說失去機會的原因，五花八門，千差萬別，但最重要的最關鍵的原因是自己，是自己沒有把握住機會。所以，詩中的女主人公並沒有怨天尤人，只是追悔自己，渴望著機會再次出現。

東門之墠

東門之墠，茹藘在阪。其室則邇，其人甚遠。
東門之栗，有踐家室。豈不爾思？子不我即！

東門　指鄭國都城的東門。
墠　音善，平坦的廣場。
茹藘　茜草。《毛傳》：「茅蒐也。」
阪　土坡。
室　居住的地方。
邇　近。
栗　栗樹。

踐　善。《正義》：「踐，善也。」《韓詩》作靖，釋為善。王先謙《集疏》：「慕善心切，願得為其家室，足見此女之賢，欲嫁不由淫色。有靖家室，猶今『好好人家』也。」
即　接近。《毛傳》：「就也。」

上個世紀五十年代，前蘇聯歌曲〈紅莓花兒開〉曾經在中國非常流行。歌詞唱道：「紅莓花兒開在野外小河邊，有一位少年真令我喜愛，可是我不能向他表白，滿懷的心腹話兒沒法講出來」——把少女暗戀的心情表達得淋漓盡致。〈東門之墠〉這首詩反映的也是愛情上暗戀的焦慮和自尊之間的矛盾。

「其室則邇，其人甚遠」，是一個很有趣味的話題。按照物理的常規，室和人對於觀察的主體而言，距離應該是相等的，不可能出現不等的距離。出現這種差異，完全是主觀的感受和心理的期望所致。當把這種感受和期望向對方說出來，其含義就耐人尋味了——沒有明確說出愛意，但把愛意表達得非常含蓄而強烈。

這首詩的主人公明顯暗戀著對方。但她矜持，她在等待著對方的主動。

不過，在愛情的追逐中是不是一定要男方主動呢？在人類的情愛史上，由於自尊和矜持，愛情失之交臂的事情不是太多而令人扼腕嗎！

風雨

風雨淒淒，雞鳴喈喈。既見君子，云胡不夷？
風雨瀟瀟，雞鳴膠膠。既見君子，云胡不瘳？
風雨如晦，雞鳴不已。既見君子，云胡不喜？

淒淒　帶著寒意的風雨。《孔疏》：「寒涼之意。」
喈喈　音皆，雞叫的聲音。
胡　為什麼。
夷　平。此處指心境由憂而轉為平和。

瀟瀟　風猛雨急的樣子。
膠膠　《毛傳》：「猶喈喈也。」
瘳　病癒。
晦　暗。《說文》：「月盡也。」段玉裁注：「引申為凡光盡之稱。」

按照一般的寫法，情人幽會的場景應該是月上柳梢頭，起碼伴隨著的是風和景明的環境下才是。但這首詩歌的場景卻出人意料，是在風雨如晦，雞鳴不已的背景下，因此主人公的心態就有一個變化過程，就有了起伏，就由鬱悶而變成意外的驚喜。這就好像在一個風雨如晦的夜晚，被孤獨，寂寞，恐懼包圍著的人突然遇見親人來訪，因親人帶來了好吃的，帶來了溫暖，帶來了愛而喜出望外。同樣是歡喜，這種歡喜，跟在一個風和日麗的環境中的感覺一定有很大的不同。這也就是這首詩與一般的詩歌在描寫上很大的不同的地方。如王夫之所說：「以樂景寫哀，以哀景寫樂，一倍增其哀樂了。」

記得上個世紀抗日戰爭勝利的前夕，畫家徐悲鴻曾經在重慶以此詩題為畫，畫面上的背景是水墨淋漓的風雨如晦，一隻雄雞站在岩石上引亢高鳴，無論是題字還是繪畫，都令看畫的人慷慨激昂，萬分感慨。徐悲鴻用這首詩歌的意境來表達中華民族歷盡艱辛迎來了抗戰的勝利，真可以說是深得此詩精神之神韻！

子衿

青青子衿，悠悠我心。縱我不往，子寧不嗣音？

青青子佩，悠悠我思。縱我不往，子寧不來？

挑兮達兮，在城闕兮。一日不見，如三月兮。

衿　衣領。《毛傳》：「青衿，青領也。學子之所服。」陸德明《釋文》：「亦作襟。」《顏氏家訓。書證》：「古有斜領，下連於襟，故謂領為襟也。」這裏指代衣服。青衿，類似於現在的學生裝。明清時特指秀才服裝。

悠悠　思念綿長的樣子。

寧　反詰副詞。豈，難道。

嗣音　書信慰問。陸德明《釋文》：「寄也，曾不寄問也。」

佩　佩玉。此處指繫佩玉的紳帶。
思　思念。

挑達　亦作佻撻。《毛傳》：「往來相見貌。」
城闕　城門樓。

假如我們把〈子衿〉與〈采葛〉比照，雖然它們都是寫「一日不見，如三月兮」的思念之情，但在內容上，顯然〈采葛〉寫的是農村男女之愛，很單純，就是誇張地在表達思念之切，而〈子衿〉寫的則是城裏青年男女之愛，顯然情感更細膩更豐富。女孩子在思念之餘，還抱怨男孩子不夠主動，不解決自己思念的鬱悶。添加了抱怨的內容，增添了人物的性格色彩，在描寫上顯然進了一步。

從表現形式上看，〈子衿〉也較〈采葛〉層次豐富，手法多樣。詩歌的前兩段採用的敘述方式是限知視角，是女主人公對於男主人公的抱怨，是第一人稱；後一段採用的敘事方式是全知視角，是客觀的描寫和抒情，是第三人稱。如果從唱歌的角度來看，那麼前兩段可能是獨唱，而最後的這一段則是重唱或者是合唱，類似於目前流行的中國西部民歌〈康定情歌〉的唱法。

出其東門

出其東門，有女如雲。雖則如雲，匪我思存。
縞衣綦巾，聊樂我員。
出其闉闍，有女如荼。雖則如荼，匪我思且。
縞衣茹藘，聊可與娛。

東門　指鄭國都城的東門。

如雲　形容其多。王先謙《集疏》：「鄭城西南門為溱、洧二水所經，故以東門為遊人所集。」

匪我思存　沒有我放在心上的。匪，非，不是。思存，思念之所在。

縞　音稿，白色的繒。

綦　音奇，草綠色。聞一多認為是貧窮女子

的服飾。

聊 姑且。

員 朋友，親愛。

闉闍 音因都，城門外層的曲城。

荼 音圖，白茅花。馬瑞辰《通釋》：「如荼與如雲皆取眾多義。」

且 「徂」之借字，義同存。《鄭箋》：「匪我思徂，猶匪我思存也。」

茹藘 茜草，古代又稱茅蒐。《鄭箋》：「茅蒐，染巾也。」此處指佩巾。

娛 《毛傳》：「樂也。」

《紅樓夢》第九十一回「縱淫心寶蟾工設計　布疑陣寶玉妄談禪」中，林黛玉和賈寶玉有一段有趣的對話，黛玉道：「寶姐姐和你好你怎麼樣？寶姐姐不和你好你怎麼樣？寶姐姐前兒和你好，如今不和你好你怎麼樣？今兒和你好，後來不和你好你怎麼樣？你和他好他偏不和你好你怎麼樣？你不和他好他偏要和你好你怎麼樣？」寶玉呆了半晌，忽然大笑道：「任憑弱水三千，我只取一瓢飲。」黛玉道：「瓢之漂水奈何？」寶玉道：「非瓢漂水，水自流，瓢自漂耳！」黛玉道：「水止珠沉，奈何？」寶玉道：「禪心已作沾泥絮，莫向春風舞鷓鴣。」黛玉道：「禪門第一戒是不打誑語的。」寶玉道：「有如三寶」。

其中賈寶玉表達愛情的誓言「任憑弱水三千，我只取一瓢飲。」與這首詩講的是同一個意思，即不管有多少誘惑，自己的愛情是專一的。

「有女如雲」和「縞衣綦巾」是一種數量上的誇張和比對，同時又是色彩和形象的反差和比照。其中紛繁和單純，熱鬧和冷清，群體和孤獨，五顏六色和素淨純潔，暖色調和冷色調的反差，給人以豐富的聯想空間。這種比照和反差既可以作為愛情的表述，也可以更廣義地作為人格乃至理想和追求的表述。

宋代大詞人辛棄疾寫了一首青玉案：「東風夜放花千樹，更吹落，星如雨。寶馬雕車香滿路。鳳簫聲動，玉壺光轉，一夜魚龍舞。蛾兒雪柳黃金縷，笑語盈盈暗香去。眾裏尋他千百度，驀然回首，那人卻在，燈火闌珊處。」在意境和寫法上與此詩極為相似。如果比照起來，則會心處既有詩與詞的區別，更可以看到時代風格的不同，民間詩歌與文人詩歌之間的差別。

野有蔓草

野有蔓草，零露漙兮。有美一人，清揚婉兮。
邂逅相遇，適我願兮。
野有蔓草，零露瀼瀼。有美一人，婉如清揚。
邂逅相遇，與子皆臧。

蔓草　長長的草。蔓，《毛傳》：「延也。」謂仲春之時草始生，霜為露也。」《周
零　落下。
漙　盛多的樣子。《鄭箋》：「蔓草而有露，

禮》：「仲春之月，令會男女之無夫家者。」

清揚　眉目清秀的樣子。

婉　嫵媚。

邂逅　不期而遇。

適　符合，適合。王先謙《集疏》：「思見其人，求而忽得，則志意開豁，歡然相迎，即所謂『邂逅』矣。」

瀼瀼　音穰，水珠盛多。

婉如　溫柔嫵媚。

臧　同「藏」，隱藏。

小詩有景，有人，有情節。長長的蔓草，晶瑩的露珠，秀婉的少女，邂逅的相遇，中間有著微妙的隱喻和聯繫，引發人的遐思。

《毛詩》認為「男女失時，思不期而遇。」其實即使「不失時」，青春期的小夥子做白日夢還少嗎，何況古代社會男女處於性的自由時期呢！這首詩所帶有的原始的淳樸性和直率性更是說明瞭這一點。

溱洧

溱與洧，方渙渙兮。士與女，方秉蕑兮。
女曰觀乎？士曰既且。且往觀乎？洧之外，洵訏且樂。
維士與女，伊其相謔，贈之以勺藥。
溱與洧，瀏其清矣。士與女，殷其盈矣。
女曰觀乎？士曰既且。且往觀乎？洧之外，洵訏且樂。
維士與女，伊其將謔，贈之以勺藥。

溱　溱水。

洧　洧水。

渙渙　水勢盛大的樣子。《鄭箋》：「仲春之時，冰以釋水，則渙渙然。」

士與女　此處泛指春遊的男女。

方　正在。現在時。

秉　持，拿著。

蕑　一種菊科植物。《毛傳》：「蘭也。」陸機《疏》：「其莖葉似藥草澤蘭，但廣而長節，節中赤，高四五尺……可著粉中……藏衣著書中，辟白魚也。」

既且　已經去過了。且，「徂」的借字，往。

且　姑且。

洵　確實，真的。

訏　大。《鄭箋》：「女情急，故勸男使往觀於洧之外，言其土地信寬大又樂也，於是男則往也。」

維　語助。

伊　同「因」，於是。

相謔　互相調笑。

勺藥　草本植物。花色濃豔。又說指玉蘭，又名辛夷、木筆。有白、紫、黃數種顏色。

瀏　水清澈的樣子。

殷　眾多的樣子。殷其，即殷殷。

盈　滿，也是眾多。

將謔　即相謔。

〈溱洧〉是描寫鄭國三月上巳時青年男女在溱水、洧水岸邊遊春歡會的詩歌。《太平御覽》卷八八六引《韓詩內傳》云：「當此盛流之時，士與女眾方執蘭，拂除邪惡。鄭國之俗，三月上巳之辰，於此兩水之上，招魂續魄，拂除不祥，故詩人願與所悅者俱往觀也」。又《呂氏春秋。本生》高誘注：「鄭國淫辟，男女私會與溱洧之上，有洵訏之樂，勺藥之和」。可見〈溱洧〉是一首真實反映民俗的詩歌。

遊春是人與自然的歡會，更是人與人之間快樂的分享，是一直沿襲到今天的風俗，但仔細想來，有許多細節的變化。比如詩歌中男女都秉持著簡和芍藥，這在當日是再自然和簡單不過的了，因為花隨處可得。而在當今，雖然我們也可以秉持著花，但花已經成為奢侈品，只是儀式，禮節，求愛，諸種特殊情況下才可以擁有的東西。再比如，古代人際關係可能也較現在簡單，男女之間，認識的與不認識的相約踏春遊玩可能也很自然淳樸平常，可現在大概相約踏春遊玩也被賦予了太多的含義，有許多約定俗成的條件。

戀愛的自由與社會的開放有著密切的聯繫。但自由戀愛也與見面接觸的機會多寡相聯繫。有自由但缺乏機會或見面的平臺跟沒有自由戀愛相差無幾。所以古今中外在戀愛自由的前提下也很重視男女接觸的平臺的提供。比如，我們現在由於工作分工集約化，生活節奏快，男女往往非常缺乏接觸的環境。為了解決這一問題，我們有所謂的聯誼會，相親會，電視徵婚，公園愛情角等等，有沒有效果呢？當然有一些，但是和古代的這種男女的自然地歡會有較大的區別，區別在哪裡？區別在於現代人所提供的平臺太功利了，是直奔婚姻主題，而在古代，由於對於性和婚姻的解釋更為原始而與動物區別不大，則直然是生命和青春的盛會，這是我們閱讀〈溱洧〉感觸尤深的地方。

齊風篇

雞鳴

雞既鳴矣，朝既盈矣。匪雞則鳴，蒼蠅之聲。

東方明矣，朝既昌矣。匪東方則明，月出之光。

蟲飛薨薨，甘與子同夢。會且歸矣，無庶予子憎。

朝 指朝廷。盈，滿。指上朝的人都已經到齊。

則 之。

昌 與「盈」同義。

薨薨 音轟，象聲詞，蟲子群飛發出的音響。

甘 樂意。

會 朝會。

且 即將。

歸 指散朝回家。

庶 庶幾含有希望之意。

予 同「與」。

憎 憎惡。《鄭箋》：「蟲飛薨薨，東方且明之時，我猶樂與子臥而同夢，言親愛之無已。」王先謙《集疏》：「會於朝者且將歸治其家事矣，庶無因予之故而使臣下憎惡於子耳。」

這是貴族夫妻之間的對話。一個在賴床，一個在催促，寫實而充滿生活情趣。由於寫得真率又不平板，沒有故作正經，所以可愛。

此詩通篇對話非常有趣，與鄭風中的〈女曰雞鳴〉異曲同工。都是催促丈夫起床，不同的是〈女曰雞鳴〉中的女主人公用的是哄的辦法，〈雞鳴〉中女主人公用的是告誡的辦法，都體現了家庭生活的溫馨。

〈女曰雞鳴〉和〈雞既鳴矣〉兩篇詩歌的兩個男主人公應對催促起床的策略有點小孩子耍賴的味道，但又頗浪漫可愛，錢鍾書在《管錐編》中引述莎士比亞戲劇《羅密歐與茱麗葉》裏的對話：「女曰：『天尚未明，此夜鶯啼，非雲雀鳴也。』男曰：『雲雀報曙，東方雲開透日矣。』女曰：『此非晨光，乃流星耳』」，認為可以互相比勘，可見感情之事古今中外都是相通的。不過，仔細想來也還有可以深思之處，在《詩經》中耍賴的都是男主人公，不僅是《詩經》，在中國的傳統文學作品中有沒有出現像莎士比亞戲劇中耍賴的是女性的可能性呢？

東方之日

東方之日兮，彼姝者子，在我室兮。在我室兮，履我即兮。

東方之月兮，彼姝者子，在我闥兮。在我闥兮，履我發兮。

姝　美麗。彼姝者子，意即那美麗的姑娘。

室　這裏指內室。《說文》：「室，實也。」段注：「古者前堂後室。」

履　踩。

即　「膝」的借字。

闥　音踏，《毛傳》：「門內也。」王先謙

東方之日　馬瑞辰《通釋》：「古者喻人顏色之美，多取比於日月。《詩》：『月出皎兮』，《箋》：『喻婦人有美色之白皙也。』宋玉《神女賦》：『其始出也，耀乎若白日初出照屋樑；其少進也，皎若明月舒其光。』義本此詩。」

《集疏》：「士家之門，大門內為寢門，小牆當門中特立一門，所謂寢門也，亦曰闑門。門內設屏，門屏之間謂之寧，亦謂之著，即闑也。以次序言，當先言闑而後言室」。

發　此處指腳，見楊樹達《積微居小學述林》。

顯然這是詩人在歌唱自己的幽會。這從那個漂亮姑娘主動來到幽會的地點：「在我室兮」；溫柔的順從：「履我即兮」，可以看到。它給詩人帶來了興奮和快樂。他自得，坦率，享受，其從容磊落，不偷偷摸摸，不遮遮掩掩，我們在漢代以後的詩歌中很難找到了。隨著婚戀的不自由和威權的建立，在明清的民歌中，這種幽會就變成私情，偷情，就變得很陰暗，見不得人。

這首詩歌中的太陽和月亮意象的出現，有人認為指少女的光彩照人，有人認為指愛情的心理效應光輝燦爛，而其光明，快樂的情調，則皆生動而富於感染力。

東方未明

東方未明，顛倒衣裳。顛之倒之，自公召之。

東方未晞，顛倒裳衣。倒之顛之，自公令之。

折柳樊圃，狂夫瞿瞿。不能辰夜，不夙則莫。

顛倒衣裳　上下衣服穿反了。現代由於衣服形制的進化，這種穿反了的現象有點誇張，但在古代的衣服形制和顏色的條件下，顛倒衣裳的可能性就很大。

自　從，由於。

公　公室。

晞　破曉，日出。《毛傳》：「明之始升。」

裳衣　即衣裳。

令　此處與「召」同義。

樊　籬笆。這裏用如動詞，編織。

圃　菜園。折柳樊圃，意為用編織的柳枝難以勝任籬笆的功用。

狂夫　這裏的意思是心思繁雜不知所措的人。王先謙《集疏》：「中心無守之人」。

瞿瞿　音句，雙眼瞪視的樣子。

辰　通「晨」。

夙　早晨。

莫　即「暮」字。

這大概是最早反映公務員生存壓力的詩歌。人不能不工作，這是社會責任所在，也是生活來源所在。但當工作成為機械，人被逼為工作狂，就變得很痛苦。這痛苦古今中外都是一樣的。

詩歌選擇了一個細節加以強調，即「顛倒衣裳」，給人留下了深刻印象。牛運震《詩志》對於「顛倒衣裳」這一句非常欣賞，說：「顛倒衣裳，奇語入神，寫胡亂光景宛然。」

魏風篇

陟岵

陟彼岵兮，瞻望父兮。父曰：嗟！予子行役，夙夜無已。上慎旃哉，猶來無止！

陟彼屺兮，瞻望母兮。母曰：嗟！予季行役，夙夜無寐。

上慎旃哉，猶來無棄！
陟彼岡兮，瞻望兄兮。兄曰：嗟！予弟行役，夙夜必偕。
上慎旃哉，猶來無死！

陟　音至，登上。

岵　音戶，無草木之山。《鄭箋》：「孝子行役，思其父之戒，乃登彼岵山以遙瞻，望其父所在之處。」

瞻望　遠望。

夙夜無已　早晚幹活不止。已：停止。

上　庶幾，希望。《魯詩》作「尚」。慎：謹慎，含有保重之意。

旃　音詹，「之」，「焉」二字的合音。全句說希望你保重自己。這是詩人回想父親對自己說的話。

猶來無止　還能夠回來。止，留滯。朱熹《詩集傳》：「猶可以來歸，無止於彼而不來也。」

屺　音起，有草木之山。

季　小兒子。《毛傳》：「少子也。」

寐　躺臥，睡覺。這裏是休息的意思。

棄　拋棄，棄世。馬瑞辰《通釋》：「無棄，與無死同義。」

崗　山脊。

偕　在一起。朱熹《詩集傳》：「言與儕同作同止，不得自如也。」

遠行服役在古代是一件非常痛苦的事情。由於交通和通訊不便，主人公便只有登高望遠以泄憂思。憂思什麼呢？其一是服役的辛苦，其二是對於家的思念。然而這一切沒有直接宣洩，而是採用了間接地含蓄地表現手法，通過父母兄弟的想像去表達。其辛苦是「予子行役，夙夜無已」，「予季行役，夙夜無寐」，「予弟行役，夙夜必偕」。古人言：「疾痛慘怛，未嘗不呼父母也」。主人公服勞役之苦，當然首先想到的是最能支撐其生命的人。其順序是父、母、兄，這是古代親情順序，但為什麼沒有妻子的位置呢？

主人公想念家人，但表達的卻是遠望當歸出現的幻境，是家鄉的父母兄長正在想念自己。而且父母兄長的想念的話很有個性特徵，父親是「尚慎旃哉，猶來無止」，母親是「尚慎旃哉，猶來無棄」，兄長是「尚慎旃哉，猶來無死」。也有人說這是主人公懷想父母兄長臨別時的叮嚀。但不管怎樣解讀，這種描寫都把主人公的遠行服役的痛苦表達的極具文學色彩。方玉潤《原始》稱「筆以曲而愈達，情以婉而愈深」。喬億《劍溪說詩又編》說這首詩是「千古羈旅行役詩之祖」。

伐檀

坎坎伐檀兮，寘之河之干兮。河水清且漣猗。
不稼不穡，胡取禾三百廛兮？
不狩不獵，胡瞻爾庭有縣貆兮？彼君子兮，不素餐兮！
坎坎伐輻兮，寘之河之側兮。河水清且直猗。
不稼不穡，胡取禾三百億兮？
不狩不獵，胡瞻爾庭有縣特兮？彼君子兮，不素食兮！
坎坎伐輪兮，寘之河之漘兮。河水清且淪猗。
不稼不穡，胡取禾三百囷兮？
不狩不獵，胡瞻爾庭有縣鶉兮？彼君子兮，不素飧兮！

坎坎　像聲詞，伐木的聲音。
檀　檀樹，喬木，種類眾多。
寘　同置，放置。
干　河岸。
漣　《毛傳》：「風行水成文曰漣。」
猗　《魯詩》作「兮」，語氣詞。「猗」，「兮」古代通用。
稼　耕種。
穡　收割。
胡　為什麼，憑什麼。
廛　古代指一戶人家佔用的房子和宅院和店鋪集中的地方。三百廛即三百家農夫所耕種的田地。此處指其獲得的產量數額，然非實指而為約數。
狩　《鄭箋》：「冬獵曰狩。」獵：夜裏打獵。此處狩獵泛指打獵活動。
瞻　望見。
庭　庭院。
縣　同「懸」。
貆　俗稱貉子。一種小的哺乳動物，外形像狐。
君子　春秋時貴族通稱。
素餐　不幹活白吃飯。《孟子‧盡心》：「無功而食謂之素餐。」
輻　車輪的輻條。此處指伐木作輻條。
側　河岸。
直　水流平直。
三百億　周代以十萬為億。此處三百億為約數而非實指。
特　三歲的小野獸。
素食　此處同素餐，白吃飯。
輪　車輪。此處「伐輪」指做車輪。
漘　音純，水邊。
淪　水面的微波。
囷　音君，圓形的糧倉。今稱為「囤」。三百囤亦為虛指。

鶔　鵪鶉。于省吾認為是雕的假借字。

飧　《毛傳》：「熟食曰飧。」素飧之意同「素餐」、「素食」。

這是一首政治諷刺詩。諷刺的是不勞而獲的現象。不勞而獲和勞而不獲是人類社會長期存在的分配不公的現象。分配不公是什麼時候出現的？怎樣出現的？通過什麼方式可以解決？一直困擾著人類。在中國文學作品中如此明確地反映，〈伐檀〉是第一篇。

不過，單純從「不狩不獵」來界定勞和不勞可能有不確切的地方。明確界定了勞力和勞心都屬於勞動的範疇只是到了孟子才有了明確的結論。

這首詩歌雖然是政治諷刺詩，但詩歌的句式靈活多變，從四言、五言、六言、七言、八言都有，或直陳敘述，或提問反詰，或反諷笑罵，從橫錯落，呼應轉折，可謂淋漓盡致。

碩鼠

碩鼠碩鼠，無食我黍！三歲貫女，莫我肯顧。
逝將去女，適彼樂土。樂土樂土，爰得我所。
碩鼠碩鼠，無食我麥！三歲貫女，莫我肯德。
逝將去女，適彼樂國。樂國樂國，爰得我直。
碩鼠碩鼠，無食我苗！三歲貫女，莫我肯勞。
逝將去女，適彼樂郊。樂郊樂郊，誰之永號？

碩鼠　大老鼠。碩，大。《齊詩》、《魯詩》以為指鼫鼠。
黍　小米。
三歲　虛數，指多年。
貫　此處是事奉的意思。
女　汝。
莫我肯顧　即莫肯顧我。顧，顧念，體恤。
逝　往。或以為是「誓」字的借字。
去　離開。
適　到，去。
樂土　幸福的樂園。
爰　乃，就。
所　處所。
莫我肯德　即莫肯德我，對我沒有感念之情。
直　正確的選擇。《毛傳》：「得其直道。」
莫我肯勞　即莫肯勞我。勞，慰勞。
永　長。
號　呼號。朱熹《詩集傳》：「言既往樂郊，則無復有害己者，當復為誰而永號乎。」

這是一首政治諷刺詩，以碩鼠比喻管理者，也就是貪官。本來是納稅人養活著管理者，但古往今來，納稅人反而成了弱勢群體。怎樣解決這個問題呢？詩歌中的「我」選擇了用腳而不是用手來解決，也就是逃避。但「普天之下莫非王土」，逃避得了嗎？忍氣吞聲的用腳選擇是不是中國政治文化中底層勞動者的常態呢？

唐風篇

山有樞

山有樞，隰有榆。子有衣裳，弗曳弗婁。
子有車馬，弗馳弗驅。宛其死矣，他人是愉。
山有栲，隰有杻。子有廷內，弗灑弗埽。

子有鐘鼓，弗鼓弗考。宛其死矣，他人是保。

山有漆，隰有栗。子有酒食，何不日鼓瑟？

且以喜樂，且以永日。宛其死矣，他人入室。

樞　植物，俗名刺榆。

隰　音習，濕地。

榆　榆樹。

曳婁　曳，拖。婁，《毛傳》：「亦曳也。」曳婁泛指穿衣，與馳驅相對。

馳驅　馳，《孔疏》：「走馬謂之馳。」驅，《孔疏》：「策馬謂之驅。」馳驅泛指跑馬。

宛　苑之借字，枯萎。

愉　享樂。

栲　音考，又名山樗，木材堅硬，一說即臭椿。

杻　又名檍，喬木，可做弓弩幹。

廷內　即院內。廷通「庭」。

灑埽　灑，灑水。古代庭院為土地，打掃衛生必須先灑水。埽，掃除。灑埽泛指搞衛生。

鐘鼓　均打擊樂器。此處泛指樂器。鼓，敲擊。考，《毛傳》：「擊也。」

保　保有。

漆　漆樹。

栗　栗樹。

日　天天。

且　姑且。

永日　消磨時光。朱熹《詩集傳》：「人多憂，則覺日短，飲食作樂，可以永長此日也。」

入室　佔據位置。

怎樣度過一生？怎樣對待積聚的財產？每個人的回答並不相同，可能有人一輩子都沒有明確意識到這個問題。明確地意識到這個問題並進行哲學的思考，是文化的進步。如果在詩歌中加以表現，則是文學的進步。

如果我們對這首詩歌的作者身份加以考察，那麼作者顯然是屬於當日貴族，老年，生活富足的一群。如果我們對其思想加以考察，那麼作者所持的人生觀顯然屬於及時行樂，自私自利的一派。

過去我們認為這種思想是頹廢，享樂，醉生夢死，但古今中外這樣的人不少，在文學藝術上也有著表現的傳統。比如漢代的《古詩十九首•驅車上東門》就表達了同樣的觀點：

驅車上東門，遙望郭北墓。白楊何蕭蕭，松柏夾廣路。下有陳死人，杳杳即長暮。潛寐黃泉下，千載永不寤。浩浩陰陽移，年命如朝露。人生忽如寄，壽無金石固。萬歲更相送，聖賢莫能度。服食求神仙，多為藥所誤。不如飲美酒，被服紈與素。

產生這種思想的原因顯然是信仰缺失的結果。但你不能要求所有的人都有信仰，何況如何對待生死，如何處理生存時的財產也是生活中的一個實際的問題。

綢繆

綢繆束薪，三星在天。今夕何夕，見此良人？
子兮子兮，如此良人何？
綢繆束芻，三星在隅。今夕何夕，見此邂逅？
子兮子兮，如此邂逅何？
綢繆束楚，三星在戶。今夕何夕，見此粲者？
子兮子兮，如此粲者何？

綢繆　音仇謀，情意綿綿的樣子。《毛傳》：「猶纏綿也。」

束薪　成捆的柴禾。束薪與下文的束芻、束楚都象徵著婚禮。參見《周南・漢廣》引魏源《詩古微》：「三百篇言娶妻者，皆以析薪取興」說。

三星在天　三星，指二十八星宿中的參宿，又稱心星，三星連成一線，屬西方天文學中的獵戶星座，冬春之際高懸天空。在天，指在天空出現。《毛傳》：「謂始見東方也。男女待禮而成，若薪芻待人事而後束也。三星在天，可以嫁娶矣。」

良人　好人。古代婦女稱丈夫為良人。

如此良人何　面對這麼好的人怎麼辦啊？

芻　音除，草料。

隅　角落。《毛傳》：「東南隅也。」朱熹《詩集傳》：「昏現之星至此，則夜久矣。」

邂逅　本指不期而遇。這裏指所愛的人。

楚　荊條。

在戶　房門。朱熹《詩集傳》：「戶必南出，昏現之星至此，則夜分矣。」

粲者　美人。

古代的婚禮是在黃昏舉行，因此婚禮要用「束薪」等照明，也因此詩歌用三星的位置標明婚禮的進程。

婚禮當然是喜事。但主人公歡喜萬分，簡直是驚喜。什麼是驚喜？就是意料之外的高興，缺乏心理準備的超常地高興——以致不知所措了。但真是不知年月，不知怎麼辦了麼？詩歌連用了兩個疑問句，並不需要回答，只是渲染了她（他）喜極的情緒，極具感染力。這種表現方法對於後代有著很深的影響，比如《說苑》所載〈越人歌〉「今夕何夕兮，搴舟中流，今日何日兮，得與王子同舟。」比如杜甫〈贈衛八處士〉「今夕復何夕，共此燈燭光。」等等。

鴇羽

肅肅鴇羽，集于苞栩。王事靡盬，不能蓺稷黍。
父母何怙？悠悠蒼天，曷其有所？
肅肅鴇翼，集于苞棘。王事靡盬，不能蓺黍稷。
父母何食？悠悠蒼天，曷其有極？
肅肅鴇行，集于苞桑，王事靡盬，不能蓺稻粱。
父母何嘗？悠悠蒼天，曷其有常？

肅肅　鳥的翅膀摩擦的聲音。

鴇　雁屬。即通常稱的鴇母，老鴇。陸德明《釋文》：「鴇似雁而大，無後趾。」

苞　草木叢生。

栩　櫟樹。鴇因無後趾故本不應落在樹上。《鄭箋》：「興者，喻君子當居安平之處，今下從征役，其為危苦，如鴇之樹止然。」

王事　指國家的征役。

靡盬　無休無止。盬，止息。

蓺　種植。

稷黍　稷，高粱。黍，小米。稷黍泛指五穀雜糧，下同。

怙　依靠。

曷　何。

所　處所。

翼　翅膀。

棘　酸棗樹。

極　邊際，《鄭箋》：「已也。」

行　行列。馬瑞辰《通釋》：「雁之飛有行列，而鴇似之。」

桑　桑樹。

粱　古代指好的小米。稻粱，泛指五穀雜糧。

嘗　吃。朱熹《詩集傳》：「食也。」

常　這裏是恢復常態的意思。朱熹《詩集傳》：「復其常也。」

古代以父母為重，現代以小家庭為重。凡事已經很少有想到父母的供養責任感了。痛苦人人都有，但內涵不同。有的痛苦崇高，有的痛苦渺小。因不能履行責任的痛苦是一種崇高的痛苦。

據《毛序》此詩：「刺時也。昭公之後，大亂五世。君子下從徵役，不得養其父母而作是詩也。」因此一般認為此詩作於春秋初期晉國內亂之時。如是，則這裏的徵役就是國家的行為，作為男子也就有責任承擔。古人講忠孝不能兩全，這首詩就正反映的是這種矛盾痛苦。

作為公民，社會責任和家庭責任有時會出現兩難的選擇，判斷不是很容易的事，而這正是詩歌反映深刻之處。

葛生

葛生蒙楚，蘞蔓于野。予美亡此，誰與獨處？

葛生蒙棘，蘞蔓于域。予美亡此，誰與獨息？

角枕粲兮，錦衾爛兮。予美亡此，誰與獨旦？

夏之日，冬之夜。百歲之後，歸于其居。

冬之夜，夏之日。百歲之後，歸于其室。

葛　葛藤。

蒙　覆蓋。

楚　荊樹。

蘞　音戀，草名，蔓生植物。馬瑞辰《通

釋》：「葛與蘞皆蔓草，延於松柏則得其所。猶婦人隨夫榮貴。今詩言『蒙楚』，『蒙棘』，『蔓野』，『蔓域』蓋以喻婦人失其所依。」

棘　酸棗樹。

域　墓地。

息　寢息。

角枕　用獸骨作裝飾的枕頭。

粲　華美鮮麗的樣子。

錦衾　錦製的被子。

爛　燦爛。《毛傳》：「齊則角枕錦衾。禮，夫不在，斂枕篋衾席，韣而藏之。」

獨旦　獨宿到天亮。

旦　天亮。

室　《毛傳》：「猶居也。」《鄭箋》：「猶塚壙」。

這是一首妻子憑弔丈夫的詩歌。為什麼說是妻子憑弔丈夫呢？在中國關於蔓生的植物和大樹關係的民俗中，藤蔓往往比喻女性，其依附的松柏大樹往往比喻的是男性。民歌說：只見藤纏樹不見樹纏藤。藤蔓按照常理應該依附於松柏而得其所，現在「蒙楚」，「蒙棘」，「蘞蔓於野」，「蘞蔓於域」顯然是生活艱難，流離失所，所以詩歌表達的是妻子對於丈夫去世後的感受。

夏之日，冬之夜，在古代簡陋的生活中是生存最困難的時間，也是夫妻相濡以沫互相體貼最觸動心靈的時候。所以詩人由此感歎自己去世後會和丈夫在地下相聚。

這首詩共五個段落，在結構上是2＋1＋2的模式。前後各兩個段落，中間的一段追憶丈夫在世時候的幸福生活，所謂「角枕粲兮，錦衾爛兮」，其色彩鮮麗華美，與前後兩個段落的色彩冷落暗淡形成鮮明對比，同時在感情上起到了前後過渡的作用。

詩歌雖然纏綿平和卻自構成了一種悲涼的意境和淒慘的氣氛，被後人稱作悼亡詩的絕唱。

秦風篇

蒹葭

蒹葭蒼蒼，白露為霜。所謂伊人，在水一方，
遡洄從之，道阻且長。遡游從之，宛在水中央。
蒹葭萋萋，白露未晞。所謂伊人，在水之湄。

遡洄從之，道阻且躋。遡游從之，宛在水中坻。

蒹葭采采，白露未已。所謂伊人，在水之涘。

遡洄從之，道阻且右。遡游從之，宛在水中沚。

蒹葭 統稱蘆葦。蒹又稱為荻，一種細長的水草。長成後又稱為萑。葭，初生的蘆葦。

蒼蒼 淡青色，秋天蘆葦的葉子凝結霜露後所呈現的顏色。

白露為霜 秋天之後白露凝結為霜。陳奐《傳疏》：「乃在九月之後。」

伊人 朱熹《詩集傳》：「猶言彼人也。」

方 馬瑞辰《通釋》：「方，旁，古通用，一方即一旁也。」

遡洄 《毛傳》：「逆流而上曰溯洄。」

阻 險阻，障礙。

遡游 《毛傳》：「順流而涉曰溯游。」

宛 彷彿。

萋萋 濕潤的樣子。

晞 《毛傳》：「幹也。」

湄 岸邊。朱熹《詩集傳》：「水草之交也。」

躋　音機，朱熹《詩集傳》：「升也，言難至也。」

坻　音遲，水中的小洲。

采采　指露水將幹而葦葉鮮明。

未已　指白露尚未全幹。已，止。

涘　水邊。

右　不能直達。《鄭箋》：「言其迂回也。」

沚　水中小州。

按照佛家的說法，人的一生有八苦，其中一個叫求不得苦。表達求不得苦的文學作品很多，其中有浪漫主義和古典主義之別。浪漫主義的作品可以舉李白的〈長相思〉：「長相思，在長安。絡緯秋啼金井闌，微霜淒淒簟色寒。孤燈不明思欲絕，捲帷望月空長歎。美人如花隔雲端，上有青冥之高天，下有淥水之波瀾。天長地遠魂飛苦，夢魂不到關山難。長相思，摧心肝」。而古典主義的作品大概就可以舉〈蒹葭〉為例了。

關於此詩的意境，陳繼揆《臆補》說得很到位：「意境空曠，寄託玄淡。秦川咫尺，宛然有三山雲氣，竹影仙風。故此詩在『國風』為第一篇飄渺文字，宜以恍惚迷離讀之。」

黃鳥

交交黃鳥，止于棘。誰從穆公？子車奄息。
維此奄息，百夫之特。臨其穴，惴惴其慄。
彼蒼者天，殲我良人！如可贖兮，人百其身！

交交黃鳥，止于桑。誰從穆公？子車仲行。
維此仲行，百夫之防。臨其穴，惴惴其慄。
彼蒼者天，殲我良人！如可贖兮，人百其身！

交交黃鳥，止于楚。誰從穆公？子車鍼虎。
維此鍼虎，百夫之禦。臨其穴，惴惴其慄。
彼蒼者天，殲我良人！如可贖兮，人百其身！

交交　鳥叫聲。

止　停落，棲息。棘，酸棗樹。馬瑞辰《通釋》：「詩以黃鳥止棘、止桑、止楚，為不得其所，興三良之從死為不得其死也。棘、楚皆小木，桑亦非黃鳥所宜止，《小雅。黃鳥》詩『無集于桑』，是其證也。詩刺三良從死，而以止棘、止桑、止楚為喻者，『棘』之言『急』，『桑』之言『喪』，『楚』之言『痛楚』也。古人用物，多取名於音近。」

從　從死，殉葬。

穆公　姓嬴，名任好。在位三十九年，為春秋五霸之一。

子車奄息　秦國大夫。子車是姓。

特　匹敵。百夫之特意為比得上一百個人。

穴　墓穴。

惴惴　恐懼的樣子。

慄　發抖。朱熹《詩集傳》：「臨其穴而惴惴，蓋生納之壙中也。」

殲　殺盡。

良人　好人。

贖　用錢物或其他代價換回人身或抵押品。

人百其身　有兩解。其一為死一百回都願意。其二是可以用一百個人的死來換回。

子車仲行　奄息的兄弟。

防　同特。《鄭箋》：「猶當也，言此一人當百夫。」

楚　一種矮小叢生的木本植物，又名荊楚，杜荊。

子車鍼虎　亦為奄息的兄弟。

禦　抵擋。陳奐《傳疏》：「百夫之當，言可當百夫耳。」

這是歷史上曾經發生過的人殉慘劇：《左傳。文公六年》：「秦伯仁好卒，以子車氏之三子奄息、仲行、鍼虎為殉，皆秦之良也。國人哀之，為之賦〈黃鳥〉。」。又《史記・秦本紀》：「繆公卒，……從死者百七十七人，秦之良臣子輿氏三人名曰奄息、仲行、鍼虎，亦在從死之中，秦人哀之，為作歌〈黃鳥〉之詩。」

人殉，是世界上許多民族都曾經歷過的。隨著人對於自然、神祇，尤其是自身生命觀念的進步，人殉逐漸被歷史唾棄。這首詩雖然反映的只是秦人對於三良被殉的感同身受，是對於秦國人才被埋沒的痛惜，卻體現著整個春秋時期人們對於生命的敬畏，這是歷史的一大進步。

無衣

豈曰無衣？與子同袍。王于興師，修我戈矛。與子同仇！

豈曰無衣？與子同澤。王于興師，修我矛戟。與子偕作！

豈曰無衣？與子同裳。王于興師，修我甲兵。與子偕行！

袍　長衣。

王　指周天子。周代春秋之前惟周天子可以稱王。

于　往。

興師　起兵。王先謙《集疏》：「秦自襄公以來受平王之命，以伐戎所興之師，皆為王往也，故曰『王於興師』。」

修　整治。

戈矛　皆古代長柄兵器的名稱。

同仇　共同的敵人。王先謙《集疏》：「秦民敵王所愾。故曰同仇也。」

澤　貼身的內衣。

戟　古代長柄兵器。

偕作　共同行動。

裳　下衣。

甲兵　鎧甲和兵器。

偕行　一起出發。陳奐《傳疏》：「言奉王命而偕往征之地。」

這是一首讚美同仇敵愾，起兵勤王的雄壯的軍歌，王夫之說這是秦哀公在申包胥到秦求救時所作，是西元前五〇六年的事，是《詩經》中所收最遲的作品。但是也有可能乃是現成的軍歌。

此詩反映了秦風的典型風格，雄武慷慨，英壯邁往，其重疊複遝，一往無前的形式，頗具近代軍隊進行曲的節奏。朱熹《詩集傳》說：「秦人之俗，大抵尚氣概，先勇力，忘生輕死，故其見詩如此。」魏源《詩古微》云：「〈無衣〉。美用兵勤王也。秦地迫近西戎，修習戰備，高尚氣力，故秦風有〈車鄰〉、〈駟驖〉、〈小戎〉之篇及『王於興師，修我甲兵，與子偕行』之事。……秦之先世與戎世仇，屢有勤王敵愾之事，至後世民俗猶存。」

如果我們參觀過出土的秦兵馬俑文物則不難與此詩的美學風格呼應印證。

渭陽

我送舅氏，曰至渭陽。何以贈之？路車乘黃。

我送舅氏，悠悠我思。何以贈之？瓊瑰玉佩。

舅氏　舅父。依據《毛序》，這裏指的是晉國公子重耳，即後來的晉文公。而詩的作者則是秦穆公的太子康公。

曰　發語詞。

渭陽　在今咸陽附近。陳奐《詩毛氏傳疏》：「水北曰陽。渭陽在渭水北。送舅氏至渭陽，不渡渭也。」當時秦國首都在雝（今陝西鳳翔市），從雝東行可至今咸陽一帶。《鄭箋》：「秦是時都雝。至渭陽者，蓋東行送舅氏於咸陽之地。」

路車　古代諸侯所乘之車。

乘黃　四匹黃色的馬。陳奐《詩毛氏傳疏》：

「《坊記》：『父母在，饋獻不及車馬』此贈車馬，何也？……然則康公亦白穆公而行歟？」

悠悠我思　《毛序》：「康公時為太子，贈送文公於渭之陽，念母之不見也。我見舅氏，如母存焉。」姚際恒《詩經通論》：「悠悠我思句，情意悱惻動人。往復尋味，非惟思母，兼有諸舅存亡之感。」

瓊瑰　泛指各種美玉。

玉佩　即佩玉。

這是一首外甥送別舅父的詩歌，「渭陽」後來成為甥舅之情的典故。

據《毛序》說，詩中的人物是秦穆公太子康公送別舅舅晉公子重耳。如是，則詩歌創作的時間當在魯僖公二十四年重耳在秦穆公的幫助下入主晉國之時，其事詳見《左傳》。由於有著上層貴族諸侯之間政治聯姻的背景，故詩歌雖然簡短，甥舅之情所蘊含的意義既有親情又有政治，既有家事也兼有國事，其贈品「路車乘黃」、「瓊瑰玉佩」也好，其「我送舅氏，悠悠我思」的抒情也好，細心品味，都有著非言語所能表達的意味。此詩被後人稱作「贈言之始」「送別之祖」。

陳風篇

宛丘

子之湯兮，宛丘之上兮。洵有情兮，而無望兮。
坎其擊鼓，宛丘之下。無冬無夏，值其鷺羽。
坎其擊缶，宛丘之道。無冬無夏，值其鷺翿。

子　指跳舞的女子。

湯　同「蕩」。此處形容女子跳舞時浪漫誇張的體態。

宛丘　陳國丘名。在陳國的國都（今河南淮陽市）附近。陳奐《傳疏》：「陳有宛丘，猶之鄭有洧淵，皆是國人遊觀之所。」

洵　確實。

望　指望，奢望。朱熹認為是「無威儀可瞻望」。

坎其　即坎坎，鼓聲。

值　通植。《毛傳》：「持也。」也可解作插或戴。

鷺羽　用鷺鷥鳥的羽毛製成的舞具。

缶　瓦製成的打擊樂器。

鷺翿　用鷺鷥鳥的羽毛製成的舞具。翿，《鄭箋》：「翳，舞者所持以指麾。」

詩無達詁。前人對於此詩有不同解讀。有人認為是諷刺陳幽公，有人認為是諷刺陳國好「巫覡歌舞之事」的民俗，現代的學者認為就是寫對於熱愛舞蹈的女子的戀情。如果是戀情，那麼最重要的就是「洵有情兮，而無望兮」這兩句了。但是誰有情，為什麼無望，則有著廣闊的解釋空間。

這首詩是較早描寫中國古代舞蹈的詩歌。詩歌突出了舞蹈的節奏，伴奏用打擊樂器，古今相通。詩歌寫了舞具，拿著羽毛，大概這也比較原始。現代舞蹈越來越摒棄舞具，更直接展示人的形象了。詩歌也寫了舞臺，很寬闊，但顯然是露天的——這些都為舞蹈史提供了豐富的資料。

衡門

衡門之下，可以棲遲。泌之洋洋，可以樂飢。

豈其食魚，必河之魴？豈其取妻，必齊之姜？

豈其食魚，必河之鯉？豈其取妻，必宋之子？

衡 「橫」的借字。，衡門《鄭箋》：「橫木為門，言淺陋也。」

棲遲 遊逛休息。

泌 泉水名。

洋洋 水流盛大的樣子。朱熹《詩集傳》：「泌水雖不可飽，然亦可以玩樂而忘饑也。」

樂飢 充飢。按照聞一多的解釋，《詩經》中凡言「飢」都與男女性事有關。

魴 音房，即鯿魚，古人以為很貴重難得。

必齊之姜 一定是齊國的姜姓少女。當時諸侯貴族之間異性通婚，陳為嬀姓，與姬、姜姓等諸侯世代通婚。

子　宋國貴族的姓氏。

人生活在社會中給自己建立起許多標準，有些標準是客觀的，一定不可改變，比如人要吃飯，不吃飯就會餓死。有些標準是主觀的，比如快樂的標準，古今中外都沒有硬性的規定。子曰：「一簞食，一瓢飲，在陋巷，人不堪其憂，回也不改其樂，賢哉，回也！」所以有人認為這首詩是「隱居自樂而無所求者之詞」（朱熹《詩集傳》）。

標準有高低，關鍵是看你肯不肯通融改變。「雖九死其亦何傷」是一種態度，「滄浪之水清兮，可以濯吾纓；滄浪之水濁兮，可以濯吾足」，也是一種態度。

這首詩的作者對於標準的選擇大概取的是類似於阿Q的立場，如果用在情場上的話，就是所謂「天涯何處無芳草」的意思。

月出

月出皎兮。佼人僚兮。舒窈糾兮。勞心悄兮。

月出皓兮。佼人懰兮。舒懮受兮。勞心慅兮。

月出照兮。佼人燎兮。舒夭紹兮。勞心慘兮。

皎　形容月光的皎潔明亮。

佼　美好，佼人，即美人。僚：「嫽」的借字，美麗。

舒　發語詞。窈糾：幽遠嫺靜的樣子。馬瑞辰《通釋》：「猶『窈窕』，皆疊韻，與下『懮受』、『夭紹』同為形容美好之詞。」

勞心　即憂心。

悄　心事重重地樣子。
皓　本來形容日光，此處藉以形容月光的皓潔。
懰　美好。
懮受　形容女子步履輕緩阿娜。
慅　音早，同「悄」，憂愁的樣子。
燎　明亮。
夭紹　體態輕盈。
慘　愁煩的樣子。

這是月光下對於愛戀中美麗女子的思念，有著小夜曲的味道。月光下的女子是朦朧的，當她孤獨地徘徊時，尤其令人愛憐。詩歌只有人物，沒有情節動作，仿佛是靜態的繪畫，但與其說是繪畫又不如說是音樂的，原因在於這首詩歌的音韻和美複雜，且多用疊韻，其中的語義如「僚」，「懰」，「燎」，「悄」，「慅」，「慘」，「舒窈」，「舒憂」，「舒夭」等由於古今詞義的變化已經很難確切辨析，李長之在其《詩經試譯》中就感歎，他喜愛這首詩但「因為難譯而割棄」。但難以確切讀懂並不妨礙其為好詩，其令人陶醉，令人感到美而雅，令人想起法國印象派音樂家德彪西〈月光〉中的色彩斑斕。牛運震在《詩志》中說：「調促而流，句贅而圓，字生而豔，後人騷賦之祖。」單純贊其形式頗有見地。

中國古代的音樂相對比較落後，原因在哪裡呢？是不是中國語言的音樂性太發達，音韻太豐富，其功能的發達和文人對其興趣的專注掩抑了中國古典音樂的發達呢？

豳風篇

七月

七月流火，九月授衣。一之日觱發，二之日栗烈。

無衣無褐，何以卒歲？

三之日于耜，四之日舉趾。同我婦子，饁彼南畝。田畯至喜。

七月流火，九月授衣。春日載陽，有鳴倉庚。
女執懿筐，遵彼微行，爰求柔桑。春日遲遲，采蘩祁祁。
女心傷悲，殆及公子同歸。
七月流火，八月萑葦。蠶月條桑，取彼斧斨。
以伐遠揚，猗彼女桑。七月鳴鵙，八月載績。
載玄載黃，我朱孔陽，為公子裳。
四月秀葽，五月鳴蜩。八月其穫，十月隕蘀。
一之日于貉，取彼狐狸，為公子裘。二之日其同，載纘武功。
言私其豵，獻豜于公。
五月斯螽動股，六月莎雞振羽。七月在野，八月在宇，
九月在戶，十月蟋蟀入我牀下。穹窒熏鼠，塞向墐戶。

嗟我婦子，曰為改歲，入此室處。
六月食鬱及薁，七月亨葵及菽。八月剝棗，十月穫稻。
為此春酒，以介眉壽。七月食瓜，八月斷壺，九月叔苴，
采荼薪樗。食我農夫。
九月築場圃，十月納禾稼。黍稷重穋，禾麻菽麥。
嗟我農夫，我稼既同，上入執宮功。晝爾于茅，宵爾索綯，
亟其乘屋，其始播百穀。
二之日鑿冰沖沖，三之日納于凌陰。四之日其蚤，獻羔祭韭。
九月肅霜，十月滌場。朋酒斯饗，曰殺羔羊，躋彼公堂。
稱彼兕觥，萬壽無疆！

七月　指夏曆七月。

流　指天空中行星的位置下移。

火　指心宿二，古稱大火星。每年的夏曆五月黃昏出現於南方的天空，六月之後逐漸向西偏下，氣候逐漸變冷。《鄭箋》：「大火者，寒暑之侯也。火星中而寒暑退，故將言寒，先著火所在。」

九月　夏曆九月。

授衣　指婦女開始剪裁衣服禦寒。朱熹《詩集傳》：「九月霜始降而蠶織之功亦成，故授人以衣使禦寒也。」

一之日　指周曆的正月，即夏曆的十一月。周代建子，以正月為歲首。夏代建寅，故周曆正月相當於夏曆的十一月。下文的「二之日」、「三之日」、「四之日」亦均指周曆而言，分別相當於夏曆的十二月，正月和二月。

觱發　寒風觸物發出的聲響。

二之日　夏曆十二月。

栗烈　寒風刺骨的樣子。

褐　粗布衣服。

卒歲　指度過寒冬。卒，終。

三之日　夏曆正月。

于　為，修整。

耜　木制犁頭。

四之日　夏曆二月。

舉趾　指舉足下田，開始耕作。

同我　召集，相約。

婦子　老婆孩子。

饁　送飯。

南畝　泛指田地。南坡向陽，利於農作物生長，古人田土多向南開闢，故稱。

田畯　負責農耕的小吏。

喜　同「饎」。《鄭箋》：「酒食也。」朱熹《詩集傳》：「此章前段言衣之始，後段言食之始。二章至五章，終前段之意。六章至八章，終後段之意。」

春日　夏曆三月。

載　則。

陽　天氣和暖。

有　語助。

倉庚　黃鶯。

懿筐　深筐。

懿　深而美。

遵　沿著。微行：小路。

爰　於是。

柔桑　柔嫩的桑葉。

遲遲　舒緩的樣子。在這裏是形容春天日長變暖。

蘩　白蒿，用以繁殖蠶種。朱熹《詩集傳》：「蓋蠶生未齊，未可食桑，故以此啖之也。」

祁祁　眾多的樣子。

殆　將要。

公子　泛指男士。《鄭箋》：「春女感陽氣而思男，秋士感陰氣而思女，是其物化，所以悲也。悲則始有與公子同歸之志，欲嫁焉。」

萑葦　荻草和蘆葦。朱熹認為即蒹葭，可以制蠶箔以養蠶。

蠶月　養蠶的月份，指夏曆三月。條桑：修整桑樹。條，修剪。

斧斨　泛指砍伐的器具。斨：柄孔為方形的斧子。

遠揚　指過長過高的桑樹枝葉。

猗　采摘。朱熹《詩集傳》：「取葉存條曰猗」。

女桑　蠶可以食的嫩桑。

鵙　音局，又名伯勞，候鳥名。

載績　紡織。《毛傳》：「載績，絲事畢而麻事起矣。」

載玄載黃　形容花色豐富。載，語助。玄，《毛傳》：「黑而有赤也。」

朱　深紅色。

孔　非常。

陽　鮮明。

裳　這裏泛指衣服。裳，古代指遮蔽下體的

衣裙。朱熹《詩集傳》：「以上兩章專言蠶織之事，以終首章前段『』無衣』之意。」

秀　不開花而結實。

葽　草本植物，今名遠志，可作中藥材。

蜩　音條，蟬。

其　將要。

穫　收穫。

隕　墜落。

蘀　落葉。《鄭箋》：「秀葽也，鳴蜩也，獲禾也，隕蘀也，四者皆物成而將寒之侯。物成，自秀葽始。」

貉　音和，小獸，似狐而短。

裘　皮衣。《鄭箋》：「往搏貉以自為裘也，狐狸以供尊者，言此者，時寒宜助女工。」

同　會和。《鄭箋》：「其同者，君臣及民因習兵俱出田也。」

纘　繼續。

武功　指田獵之事。

言私其豵　把打來的小獸留給自己。言：語首助詞。私，私人。豵，音宗，一歲的小豬。此處泛指小獸。

獻于豜公　把大的野獸獻給公家。

豜　三歲的大豬。朱熹《詩集傳》：「此章專言狩獵，以終首章前段『無褐』之意。」

斯螽　昆蟲名，即螽斯。動股：指螽斯用翅摩擦發聲。古人誤以為是用腿在摩擦發聲。

莎雞　昆蟲名，即紡織娘。

振羽　以翅摩擦發聲。

野　郊野。

宇　屋簷，此處指屋簷下。

戶　門。此處指室內。

穹　打掃。

窒　堵塞。

熏鼠　用煙熏趕老鼠。

塞向墐戶　這是指在寒冬季節保暖防風的措施，堵塞窗縫，密封門孔。向：朝北的窗戶。

《說文》：「北出牖也。」墐，用泥密封。

改歲 過年。

處 居住。朱熹《詩集傳》：「此章亦以終首章前段禦寒之意。」

鬱 即唐棣，棠梨，果實酸甜可食。薁：野葡萄。

亨 同「烹」，煮。葵：蔬菜名。今名莧菜。菽：大豆。

剝棗 打棗。剝，「撲」的借字，敲打。

春酒 即今米酒。《通釋》：「春酒蓋以冬釀，經春始成。」

介眉壽 祝賀長壽之意。朱熹《詩集傳》：「介眉壽者，頌禱之辭也。」介，助詞。眉壽，老年人眉長。《通釋》：「眉壽，秀眉也。」

斷壺 采摘葫蘆。壺，瓠之借字，即葫蘆。

叔 拾取。

苴 麻籽。

荼 苦菜。薪：用作動詞，燒柴。樗：臭椿。

食 養活。《鄭箋》：「瓜瓠之蓄，麻食之糝，乾荼之菜，惡木之薪，亦所以助男養農夫之具。」朱熹《詩集傳》：「自此至卒章皆言農圃飲食祭祀燕樂，以終首章後段之意。」

築 這裏是整治的意思。

場 打穀場。

圃 菜園。《毛傳》：「春夏為圃，秋冬為場。」

納 收藏。

禾稼 泛指莊稼。

黍 小米。

稷 高粱。

重 即穜，先種後熟的穀子。

穋 後種早熟的穀子。

禾 穀子。

麻 芝麻。

菽 大豆。

我稼既同　指農事完畢。同：聚攏，集中。

上入執宮功　指為貴族修整宮殿。《鄭箋》：「可以上入都邑之宅，治宮中之事矣。於是時男之野功畢。」上入，指入城。《毛傳》：「入為上，出為下。」執，從事。宮功，指建築之事。一說古者通謂民室為宮。

晝　白天。爾：語助。於：取。茅：茅草。

宵　夜晚。索：用作動詞，搓制。綯：繩。

亟　趕快。乘屋：登上房子。乘：登上。

其始　將要開始。

衝衝　鑿冰的聲音。

凌陰　冰的儲藏室。《毛傳》：「冰室也。」朱熹《詩集傳》：「藏冰所以備暑也。」《鄭箋》：「古者，日在北陸而藏冰，西陸朝覿而出之。祭司寒而藏之，獻羔而啟之。其出之也，朝之祿位，賓食喪祭，於是乎用之。《月令》：『仲春，天子乃獻羔，開冰，先薦寢廟。』《周禮》凌人之職：『夏，頒冰掌事。秋，刷。』上章備寒，故此章備暑。先稷後公，禮教備也。」

蚤　同「早」。朱熹《詩集傳》：「蚤，朝也。」又，林義光云：「蚤，讀『叉』，取也。『其蚤』謂取冰也。」

獻羔祭韭　為當時開窖取冰的儀式。羔，小羊。韭，韭菜。

肅霜　即肅爽，雙聲詞形容秋高氣爽。

滌場　即滌蕩，雙聲詞，形容秋天樹木蕭瑟的樣子，見王國維《觀堂集林。肅霜滌場說》。

朋酒　兩壺酒。這裏是許多酒的意思。斯：助詞。饗：用酒食招待客人。

曰　發語詞。

躋　登上。公堂：族眾活動的場所，一說學校或執政辦公場所。

稱　「偁」的借字，舉起。兕觥：犀牛角杯。

對於古代文化歷史的考索，分為野外考古和文獻考古，此篇可作文獻考古看。可以考索古代社會的飲食、服飾、建築乃至生產等歷史。雖然由於歷史久遠，有些方面感受起來比較困難，有陌生感，但還是相當具體，形象。

〈七月〉的時代是奴隸社會，生產力還很低下，是純粹的農業社會。當日物產之豐富與衣食之匱乏形成鮮明的對照。人們過著農奴生活，集體的生活。生活很簡單，但簡單的生活不見得不快樂。從詩中看雖然有階級的區分，但尚無階級意識。

全詩最大的特點是按照時間順序，以月令，也就是以一年四季的時間順序來寫。而時間上周曆與夏曆並存，有分有合。凡月用夏曆，凡日為周曆。八段之中，第一段為總序。第二段至第四段描寫為衣裳奔忙。第六段至第八段描寫為食物勞碌。第五段則寫為居住操心。寫生活，無非吃飯穿衣，卻穿插著有趣的自然物候，農民的喜怒哀樂，細膩而不瑣屑，從容而有條不紊，讀起來如同欣賞義大利作曲家維瓦爾第的小提琴協奏曲《四季》，不愧為寫作高手。

鴟鴞

鴟鴞鴟鴞，既取我子，無毀我室。恩斯勤斯，鬻子之閔斯。

迨天之未陰雨，徹彼桑土，綢繆牖戶。今女下民，或敢侮予？

予手拮据，予所捋荼。予所蓄租，予口卒瘏，曰予未有室家。

予羽譙譙，予尾翛翛，予室翹翹。風雨所漂搖，予維音嘵嘵！

鴟鴞　貓頭鷹。

室　居室，這裏指鳥巢。

恩斯勤斯　殷勤，辛苦。斯，語助詞。

鬻　同「鞠」，養育。

閔　辛苦，病困。

迨　趁著。

徹　撤的借字。桑土：桑樹的根皮。
綢繆　纏繞捆綁。
牖戶　窗門。
女　同「汝」。
下民　指人類。鳥棲於樹上，故居高臨下。
或敢侮予　誰還敢欺負我！
拮据　因過度疲勞而手指僵硬。
捋　用手捋取。
荼　草本植物名。一種苦菜，或指萼草的白花。
蓄　積蓄。
租　蒩的借字。蒩，茅草穗。指鳥用奮力捋取的植物來構建鳥巢。
卒瘏　瘏音途，口病。
室家　指鳥巢。
譙譙　羽毛枯脊的樣子。馬瑞辰《通釋》：「人面之焦枯曰憔悴，鳥羽之焦殺曰譙譙，其義一也。」
翛翛　音蕭，凋敝的樣子。
翹翹　高聳危險的樣子。
飄搖　指鳥巢被風吹雨打而搖晃。
嘵嘵　恐懼的叫聲。

這是一首文學意味很濃的寓言詩。肯定有所指，而不知所指。前人一般認為是周公所作，《毛序》曰：「周公救亂也。成王未知周公之志，公乃為詩以遺王，名之曰《鴟鴞》」。按照一般常理，動物寧可不要鳥窩也要保護幼雛，此處正相反。所以「以譬寧誅管蔡，勿使亂我周室」（歐陽修《本義》）的觀點有一定道理。

普通動物只有本能，不會出現什麼同情和憐憫之心。孟子說「人皆有惻隱之心」，也就是說只有人才會有同情心。全詩用一隻老鳥的話，泣訴孩子已被傷害了，哀求不要進一步傷害自己的家室。世上有許多無法抗爭，只能哀求的現象。這是人生的一種悲劇而又往往沒有效果。但祈求良心的發現，並或引發同情，或引起抗爭，也是文學的一種成就。蔣介石曾經說讀〈鴟鴞〉篇而無動於衷就不是人。

這首詩不止有動人的形象，而且大量使用雙聲疊韻，模仿鳥的發音。陳繼揆《臆補》言此詩是「後人禽言諸詠之濫觴也」。

東山

我徂東山，慆慆不歸。我來自東，零雨其濛。
我東曰歸，我心西悲。制彼裳衣，勿士行枚。
蜎蜎者蠋，烝在桑野。敦彼獨宿，亦在車下。

我徂東山，慆慆不歸。我來自東，零雨其濛。
果臝之實，亦施于宇。伊威在室，蠨蛸在戶。
町畽鹿場，熠燿宵行。不可畏也，伊可懷也。

我徂東山，慆慆不歸。我來自東，零雨其濛。
鸛鳴于垤，婦歎于室。洒埽穹窒，我征聿至。
有敦瓜苦，烝在栗薪。自我不見，于今三年。

我徂東山，慆慆不歸。我來自東，零雨其濛。
倉庚于飛，熠燿其羽。之子于歸，皇駁其馬。
親結其縭，九十其儀。其新孔嘉，其舊如之何？

徂　往。

東山　在今山東省曲阜市境內，又稱蒙山。當時屬魯國。

慆慆　長久。

零　「霝」的借字。落，下。

其濛　即濛濛，雨細密的樣子。

我心西悲　想起西方而悲傷，因為詩人的家鄉在西方。《鄭箋》：「我在東山，常曰歸也，我心則念西而悲。」

制彼裳衣　縫製家常的衣服。制，縫製。馬瑞辰《通釋》：「蓋製其歸途所服之衣，非謂軍服。」

士　同「事」。從事。

行　行陣，行伍。指軍事行動。

枚　指用筷子一樣的短棍銜在嘴裏，以防止人馬在行軍時發出聲響。

蜎蜎　音淵，蠕動的樣子。

蠋　一種昆蟲，又稱大青蟲，以菜葉為食。

烝　發語詞。一說長久意。

桑野　郊野。《鄭箋》：「蠋蜎蜎然特行，久在桑野，有似勞苦者。」

敦　身體蜷縮成團的樣子。

車下　指士兵在車下睡臥休息，極其辛苦。

果贏　今名栝樓、瓜蔞，蔓生葫蘆科植物，果實可入藥。

施　蔓延。

宇　屋簷。

伊威　地鱉蟲。白灰色，多休憩隱藏在潮濕的牆根或甕缸瓦盆下。

蠨蛸　音蕭燒，一名喜蛛，一種小的蜘蛛。

町畽　屋舍旁的空地。

熠燿　音煜躍，閃閃發光的樣子。

宵行　螢火蟲。

伊　語助。朱熹《詩集傳》：「此則述其歸未至而思家之情也。」

鸛　大型涉禽。陸璣《疏》：「鸛雀也，似鴻而大，長頸，赤喙，白身，黑尾翅。」

垤　土堆。

婦　指妻子。

洒埽穹窒　指整理清潔房間。洒，灑水。埽，打掃。穹窒，清理堵塞。

我征　我的征人，此處借用妻子的口吻。

聿　語助。

有敦　即敦敦，團團。

瓜苦　苦瓜。

栗薪　劈好的乾柴。栗，同「析」。一說指栗木。

倉庚　黃鸝。

于歸　出嫁。

皇駁其馬　形容出嫁時儀仗之盛。皇，毛色黃白的馬。駁，毛色紅白的馬。

親　指妻子的母親。

結其縭　指給妻子梳妝打扮。縭，女子的佩巾。《毛傳》：「母戒女施衿結帨。」

九十其儀　極言婚禮儀式的繁多。儀，儀式。

新　指新婚。

孔嘉　非常美滿。孔，大，很。

舊　指久別之後。崔述《偶識》：「凡其極力寫新婚之美者，皆非謂新婚言之也，正以極力形容舊人重逢之可樂耳。新者猶且如此，況於舊者乎！一句點破，使前三章之意至此醒出，真善於行文者。」

這是一首久服兵役的人在歸途中思念家人的詩歌。詩歌的背景大概與周公東征有關。這首詩每章的四句完全相同，構成了全詩的主旋律和背景，反覆地詠歎，給人留下深刻印象。接下來寫在陰雨天氣中在返家的路上有所見，有所感，有所思，有所期望，尤其是後兩章專寫對於妻子的懷念，頗近似於所謂意識流的寫法，相當感人。

小雅篇

常棣

常棣之華，鄂不韡韡。凡今之人，莫如兄弟。
死喪之威，兄弟孔懷。原隰裒矣，兄弟求矣。
脊令在原，兄弟急難。每有良朋，況也永歎。

兄弟鬩于牆，外禦其務。每有良朋，烝也無戎。
喪亂既平，既安且寧。雖有兄弟，不如友生？
儐爾籩豆，飲酒之飫。兄弟既具，和樂且孺。
妻子好合，如鼓瑟琴。兄弟既翕，和樂且湛。
宜爾室家，樂爾妻帑。是究是圖，亶其然乎？

常棣　又作唐棣。薔薇科植物。
華　即「花」。
鄂不韡韡　多麼漂亮啊。鄂不，于省吾《新證》認為猶言「胡不」「暇不」。韡韡，光滑鮮明的樣子。
威　恐懼。《鄭箋》：「死喪可畏怖之事，惟兄弟之親，甚相思念。」
孔懷　非常在意，懷想。
原　寬廣平坦的地方。
隰　低濕的地方。
裒　聚土為墳丘。
脊令　一種小鳥。舊說此鳥群居，一隻離群，群鳥便發出叫聲呼喚。一說此鳥在水邊居住，不應在平原出現，今處原野，比喻兄弟急難。

急難　這裏是解救危難的意思。

每　雖然。

況　發語詞。

永歎　長歎。朱熹《詩集傳》：「言當此之時，雖有良朋，不過為之長歎息而已，力或不能及也。」

鬩　音戲，打鬥。

牆　這裏是指在家裏。

禦　抵抗。

務　侮。朱熹《詩集傳》：「言兄弟設有不幸，鬥狠於內，然有外侮，則同心禦之矣。」

蒸　發語詞。

無戎　無法幫助。戎，說明。

友生　朋友。

儐　陳列。

籩豆　古代食器，竹製為籩，木製為豆。

飫　酒宴。

具　俱在。

孺　同「愉」。快樂。

鼓　這裏是彈奏的意思。

瑟琴　古代的兩種彈撥絃樂器。經常在一起演奏。

翕　音細，和。這裏是友愛的意思。

湛　清澈、深切。

宜　安定、和諧。

孥　子女。

是究是圖　思考這個道理。究，圖，這裏都是思考推究的意思。是，指上文所提到的現象，道理。

亶　音膽，實在，誠然。

「兄弟鬩於牆，外禦其侮」已經成為說明「血濃於水」的成語。一個社會反覆強調加以珍惜的東西，一定是這個社會已經普遍缺乏的東西。血緣紐帶是中國宗法社會的基礎，在東西周之際，宗法社會面臨著禮崩樂壞的局面之時，出現這種呼籲加強血緣聯繫的詩歌就不足為奇了。

這是一首說理的詩歌，但是娓娓道來，近取比喻，說事拉理，苦口婆心，特別是詩末讓對象自己進行選擇判斷，從容自信，的確是闇於教育的老手。

伐木

伐木丁丁，鳥鳴嚶嚶。出自幽谷，遷于喬木。
嚶其鳴矣，求其友聲。相彼鳥矣，猶求友聲。
矧伊人矣，不求友生？神之聽之，終和且平。
伐木許許，釃酒有藇！既有肥羜，以速諸父。
寧適不來，微我弗顧。於粲洒埽，陳饋八簋。
既有肥牡，以速諸舅。寧適不來，微我有咎。
伐木于阪，釃酒有衍。籩豆有踐，兄弟無遠。

民之失德，乾餱以愆。有酒湑我，無酒酤我。
坎坎鼓我，蹲蹲舞我。迨我暇矣，飲此湑矣。

丁丁　伐木的聲音。

嚶嚶　鳥鳴叫的聲音。

幽谷　深邃的山谷。

遷　這裏是運出的意思。

喬木　高大的樹木。

矧　音審，況且。

友生　朋友。

神　此處是慎重的意思。

聽　聽從。

終和且平　簡單易懂的道理。終，且都是結構助詞。

許許　像聲詞。朱熹《詩集傳》：「眾人共力之聲。」

釃酒有藇　擺滿了美酒。《毛傳》：「以筐曰釃。」古人釀酒用筐瀝除酒糟曰釃，後人稱為「篩酒」。藇，音敘，美麗的樣子。有藇，即藇藇。王先謙《集疏》：「『有藇』猶『藇藇』也。經文凡疊句雙字者，或變文作『有』。」

肥羜　肥美的羊羔。羜，音佇，《毛傳》：「未成羊也。」

速　邀請。《鄭箋》：「召也。」

諸父　同姓長輩。《毛傳》：「天子謂同姓諸侯，諸侯謂同姓大夫皆曰父，異性則稱舅。」

寧適　即使。于省吾《新證》：「按『適』、

『敵』古通，《爾雅。釋詁》：『敵』，當也。『寧適不來』，言寧當不來也。」

微　不是，非。

弗顧　不惦念。

於　嘆詞。

粲　鮮明的樣子。

陳　擺放，安排。

饋　宴請或饋贈別人食物。

八簋　極言食物的豐盛。簋，音鬼，食器。《毛傳》：「圓曰簋，天子八簋。」

肥牡　肥美的公牛。

舅　這裏指異性長輩。朱熹《詩集傳》：「先諸父而後諸舅者，親疏之殺也。」

咎　過錯。

阪　山坡。

有衍　即衍衍，滿溢。形容酒多。王先謙《集疏》：「『衍』之為言『盈溢』也。」

有踐　即踐踐。形容酒器之整齊豐盛。《鄭箋》：「踐，陳列貌。」

無遠　在身邊。朱熹《詩集傳》：「兄弟，朋友之同儕者。無遠，皆在也。先諸舅而後兄弟者，尊卑之等也。」

失德　失去威望擁戴。《鄭箋》：「謂見謗訕也。」

乾餱　乾糧，食物。《說文》：「乾食也。」

愆　過錯。

湑　音許，同「釃」。篩酒。作者和聞一多認為即「哦」之類的語氣詞。

酤　買。

坎坎　擊鼓的聲音。

蹲蹲　舞蹈的樣子。

迨　及，等到。

暇　閒暇。有空的時候。

《毛序》認為這首詩是「燕朋友故舊」的詩歌。這當然是沒有錯的。但假如我們聯繫「速諸父」，「速諸舅」，「兄弟無遠」，聯繫詩中所請的客人的先後次序，依然可以看到以血緣為中心的宗法社會的「朋友」的特點，這是與我們現在的朋友觀念不同的地方。

雖然〈伐木〉與〈常棣〉都是強調血緣在人際關係中的重要，但顯而易見，〈伐木〉更具有政治色彩，視野更加闊大，而更具有交友的功利性。從「民之失德，乾餱以愆」來看，詩人具有豐富的政治經驗——闡明利益是造成有德和失德的關鍵，這個看法非常深刻。後來曹操的〈短歌行〉無論在內容上還是形式上都有它的影子在。

采薇

采薇采薇，薇亦作止。曰歸曰歸，歲亦莫止。
靡室靡家，玁狁之故。不遑啓居，玁狁之故。
采薇采薇，薇亦柔止。曰歸曰歸，心亦憂止。
憂心烈烈，載飢載渴。我戍未定，靡使歸聘。
采薇采薇，薇亦剛止。曰歸曰歸，歲亦陽止。
王事靡盬，不遑啓處。憂心孔疚，我行不來！
彼爾維何？維常之華。彼路斯何？君子之車。
戎車既駕，四牡業業。豈敢定居？一月三捷。
駕彼四牡，四牡騤騤。君子所依，小人所腓。

四牡翼翼，象弭魚服。豈不日戒？玁狁孔棘！
昔我往矣，楊柳依依。今我來思，雨雪霏霏。
行道遲遲，載渴載飢。我心傷悲，莫知我哀！

薇　草本植物，又名野豌豆，可食。
亦　又。
作　出生。
止　語氣詞。
曰　語詞，無意。
歲亦莫止　到年末了。莫，同「暮」
靡室靡家　拋家捨業，沒家沒業。
玁狁　音險允，西周以來漢族對西北方的遊牧民族的稱謂，長期以來漢民族的政權經常受到其威脅。王國維在〈鬼方昆夷獫狁考〉中認為古籍上的「鬼方」、「犬戎」、「昆夷」、「獫狁」、「匈奴」等，都是同一西北方少數民族的不同稱謂。
不遑啓居　無法安居。遑，閒暇。啓居，這裏是正常生活之意。啟，通「跽」，跪。居，處。
柔　柔嫩。朱熹《詩集傳》：「始生而弱也。」
烈烈　內心焦灼如火的樣子。
載飢載渴　形容憂心之苦。載，助詞。
戍　戍邊之所。
未定　沒有確定。

靡使歸聘　沒法通音信。

聘　傳遞消息。《毛傳》：「問也。」

剛　指薇苗長成變硬。

歲亦陽至　指到了十月。《鄭箋》：「十月為陽時，坤用事，嫌於無陽，故以名次月為陽。」

靡盬　沒有休止。盬，音古，止息。

啓處　同「啟居」。

孔　很，非常。

疚　痛楚。

行　行役，出征。

來　這裏是返回的意思。《鄭箋》：「猶『返』也，據家曰來。」

爾　華盛的樣子。馬瑞辰《通釋》：「爾古讀如『彌』，與『靡』同音，又讀『旖旎』之旎，皆盛貌。」

常　即常棣，唐棣，又名雀梅。華，同「花」。《鄭箋》：「以興將率車馬服飾之盛。」

路　車龐大的樣子。斯何：同「維何」。馬瑞辰《通釋》：「斯為語詞，斯何猶為何也。」

君子　這裏指將帥。

戎車　戰車。

駕　啟動。

四牡　四匹雄馬。牡，雄性，這裏指雄馬。業業：雄壯威武的樣子。

定居　這裏是停留的意思。

一月三捷　屢有戰功。馬瑞辰《通釋》：「古者言數之多，每曰『三』與『九』，此詩『一月三捷』特冀其屢有戰功。」

騤騤　音葵，雄強的樣子。

依　依憑，承載。

腓　這裏是隨行的意思。《毛傳》認為：「辟也。」即避風雨之意。

翼翼　軍容齊整的樣子。

象弭魚服　這裏指代器械精良。象弭，用象牙裝飾的弓末的彎曲處。魚服，用魚皮做的箭鞘。

日戒　天天警戒。

孔棘　很難對付。棘，酸棗樹，比喻棘手。

思　語氣詞。

霏霏　紛紛的樣子。

遲遲　遲緩的樣子。

在世界上的許多校訓中，給我印象最深的是美國西點軍校的校訓：榮譽、責任、國家。這六個字可以說把軍人的光榮概括得非常準確。古今中外，風雲滄桑，對於軍隊的要求千差萬別，但是軍人最核心的靈魂可以說沒有離開這六個字。

〈采薇〉這首詩所歌詠的也正是這種精神。

「豈敢定居，一月三捷」是戰士的榮譽；「不遑啟居，玁狁之故」是一種國家精神；「豈不日戒，玁狁孔棘」是一種責任感。正是這種男子的軍人的氣概，使得「昔我往矣，楊柳依依，今我來思，雨雪霏霏」的抒情有了感人的浪漫。《世說新語・文學》載謝安遍問子侄《詩經》中什麼句子最好，謝玄回答說「昔我往矣，楊柳依依，今我來思，雨雪霏霏」最好，這是很有見地的話。不過，如果沒有前面的鋪墊，沒有一種陽剛之氣的彌漫，後面的這種優美的帶有感傷的抒情就無法顯現，也就難以感人良深。

如果將〈采薇〉與「豳風」中的〈東山〉相比較，雖然兩者都是描寫戰後歸來的感慨，由於〈采薇〉突出了榮譽、責任、國家，展現了內心的更為深刻的衝突，大概境界也顯得更豐富更闊大些吧。

鶴鳴

鶴鳴于九皋，聲聞于野。魚潛在淵，或在于渚。
樂彼之園，爰有樹檀，其下維蘀。它山之石，可以為錯。
鶴鳴于九皋，聲聞于天。魚在于渚，或潛在淵。
樂彼之園，爰有樹檀，其下維穀。它山之石，可以攻玉。

九皋　極言鶴鳴的廣闊遼遠。九，極言其多。皋，《毛傳》認為即澤，類似現在所言的濕地。朱熹《詩集傳》則言：「澤中水溢出所為坎。」
淵　深潭。
渚　水中的小洲。這裏是淺水邊的意思。

樹檀　即檀樹。

蘀　音拓，一說指落葉。一說指棘類灌木。

錯　磨礪他物的石頭。《毛傳》：「石也，可以琢玉。」

穀　低劣的樹種，《毛傳》：「惡木也。」

攻玉　打磨玉石。攻，《毛傳》：「錯也。」

老子說：「有無相生、難易相成，長短相形，高下相傾，聲音相和，前後相隨。」萬物相容並蓄，有容乃大，是這首詩歌要闡述的道理。在寫作上，這首詩展現出來的是鮮明的感性形象，開首一句「鶴鳴於九皋，聲聞於野」，宏大開闊，氣象萬千。接下來的「魚潛於淵」由於有著大的落差，與前句形成了咫尺千里之勢。後來毛澤東《沁園春》中「鷹擊長空，魚翔淺底，萬類霜天竟自由」完全是從此詩演化來的。正是由於無限的豐富與和諧，構成了我們現在的世界。

王夫之在《夕堂永日緒論》中說它「全用比體，不道破一句，三百篇中創調也」是很有見地的評論。

無羊

誰謂爾無羊？三百維羣。誰謂爾無牛？九十其犉。
爾羊來思，其角濈濈。爾牛來思，其耳濕濕。
或降于阿，或飲于池，或寢或訛。爾牧來思，
何蓑何笠，或負其餱。三十維物，爾牲則具。
爾牧來思，以薪以蒸，以雌以雄。
爾羊來思，矜矜兢兢，不騫不崩。麾之以肱，畢來既升。
牧人乃夢，衆維魚矣，旐維旟矣，大人占之；
衆維魚矣，實維豐年；旐維旟矣，室家溱溱。

三百　極言其多。

群　動物集合體。《國語。周語》：「獸三為群。」朱熹《詩集傳》：「羊以三百為群。」

犉　音淳，馬瑞辰《通釋》：「《傳》：『黃牛黑唇曰犉。』瑞辰按：《爾雅》：又云『牛七尺曰犉』，詩義當取此，極言肥大者之多爾。」

思　語助。

濈濈　音及，《毛傳》：「聚其角而息，濈濈然。」

濕濕　形容牛在反芻時耳朵蠕動的樣子。《毛傳》：「口呞動其耳，濕濕然。」

阿　山丘。

或寢或訛　有的在休息有的在活動。訛，活動。

牧　這裏指放牧的人。

何　通「荷」，披，戴。

蓑　蓑衣。

笠　斗笠。朱熹《詩集傳》：「蓑笠所以備雨。」

負　背負。這裏是攜帶的意思。

餱　乾糧。這裏泛指飲食。

三十　極言其多。

物　本指牛的毛色。此處以毛色為界劃分牛群，三十維物即三十頭牛為一色，極言牛的數量之大。

牲　祭祀用的牛。

具　完備。古人不同的祭祀用不同花色的牛，牛群毛色豐富則祭祀用的牲口齊全。

薪　品質高的柴薪。蒸：品質低的柴薪。

以雌以雄　各種各樣的禽獸。朱熹《詩集傳》：「言牧人有餘力則出取薪蒸，搏禽獸。」

矜矜兢兢　緊密相連，馴擾隨人的意思。

騫　虧損。

崩　失散。

麾　揮動。

肱　手臂。

畢來既升　形容牧人指麾從容，牛羊聽話。畢，全部。既，盡。升，進牢圈。

衆維魚矣　都變成魚了。

旐維旟矣　旐旗變成旟旗了。旐，一種畫著龜蛇圖案的旗。《周禮》：「龜蛇為旐，縣鄙建旐。」

占　占卜。

實維豐年　預示來年是豐收的年景。

溱溱　眾多的樣子。朱熹《詩集傳》：「『眾』謂人也。『旐』郊野所建，統人少；『旟』州里所建，統人多。蓋人不如魚之多，旐所統不如旟所統之眾，故夢人乃是魚則為豐年，旐乃是旟則為人眾。」

這是一首牧歌。

有牛羊而無馬匹，反映了當日中原農耕生活中放牧的特點。詩歌也展示了古代放牧生活的自然和諧：無論是牛羊的動靜，還是牧人的嫺熟放牧技巧，都體物入微，盡妍極態，描摹生動。尤其是詩末的夢境，恍恍惚惚，怪怪奇奇，充滿著浪漫氣息，在充分展示語言的魅力的同時，寄託了牧業豐收的理想。

大雅篇

生民

厥初生民，時維姜嫄。生民如何？克禋克祀，以弗無子。

履帝武敏歆，攸介攸止，載震載夙。載生載育，時維后稷。

誕彌厥月，先生如達。不坼不副，無菑無害。以赫厥靈。

上帝不寧，不康禋祀，居然生子。誕寘之隘巷，牛羊腓字之。
誕寘之平林，會伐平林。誕寘之寒冰，鳥覆翼之。
鳥乃去矣，后稷呱矣。實覃實訏，厥聲載路。
誕實匍匐，克岐克嶷。以就口食。蓺之荏菽，荏菽旆旆。
禾没穟穟，麻麥幪幪，瓜瓞唪唪。誕后稷之穡，有相之道。
茀厥豐草，種之黃茂。實方實苞，實種實褎。
實發實秀，實堅實好。實穎實栗，即有邰家室。
誕降嘉種，維秬維秠，維穈維芑。恒之秬秠，是穫是畝。
恒之穈芑，是任是負。以歸肇祀。誕我祀如何？
或春或揄，或簸或蹂。釋之叟叟，烝之浮浮。載謀載惟。
取蕭祭脂，取羝以軷，載燔載烈，以興嗣歲。

卬盛于豆，于豆于登。其香始升，上帝居歆。

胡臭亶時。后稷肇祀。庶無罪悔，以迄于今。

厥初　當初，起初。厥，其，那。

生民　生下周人的人。民，人。

時　是。

維　語助。

姜嫄　有部（今陝西省武功縣西）氏族部落最後一個女酋長，周始祖后稷的母親。

克　能，善於。

禋祀　一種野祭。此處指祭祀郊禖（同「媒」），禖是求子之神。

弗　去也。《毛傳》：「去無子，求有子。」《鄭箋》：「弗之言祓也。姜嫄之生后稷如何乎？乃禋祀上帝於郊禖，以祓除其無子之疾而得其福也。」

履　踐踏。

帝　上帝。

武　腳印。

敏　大拇指。

歆　心動。《鄭箋》：「時則有大神之跡，姜嫄履之。足不能滿，履其拇指之處，心體歆歆然。」

攸　語助。乃。介：《鄭箋》：「介，左右也。」林義光《詩經通解》：「攸介攸止，介讀為『愒』。《說文》：『愒，息也。』」介、止兩字同義。以上四句是說，姜嫄在郊禖祭祀時，腳踏天帝的腳印有所感，晚上恍惚覺得左右有人和她共止宿（同床共枕）。

載　語助，則。

震　馬瑞辰《通釋》：「即娠之聲近假借。」

夙　肅敬。《鄭箋》：「肅戒不復禦。」指停止性生活。

后稷　姓姬，名棄。相傳在堯舜之時擔任農官，傳說中周人的男性始祖。作為神話人物，后稷是僅次於神農的農神。

誕　發語詞。

彌　滿。指懷胎滿十個月。

先生　頭胎，第一胎。

達　小羊。馬瑞辰《通釋》引陶元淳說：「凡嬰兒在母腹中皆有衣以裹之，俗所謂胞衣也。生時其衣先破，兒體手足少舒，故生之難。唯羊子之生，胞仍完具，墜地而後母為破之，故其生易。后稷生時蓋藏於胞中，形體未露，有如羊子之生者，故言『如達』。」這句是說，后稷之生如小羊，連胞衣而生，所以雖是第一胎，生的卻極順利。

坼　裂。

副　破裂。指嬰兒生產順利，母體沒有產門破裂之苦。

菑　音意，同「災」。

赫　顯示。

靈　神異。

不寧　《毛傳》：「不甯，寧也。」「不」讀如「丕」，下同。

不康　《毛傳》：「不康，康也。」

居然　安然。《鄭箋》：「不安徒以禋祀而無人道，居默然自生子，懼時人不信也。」

寘　同「置」，放。

隘巷　窄巷，小巷。

腓　音肥，庇護。

字　哺育。馬瑞辰《通釋》：「《說文》：『字，乳也。』字、乳、育三字同義。」

平林　平展的樹林。

會　值，正碰上。

覆翼　用翅膀覆蓋。

呱　形容小孩的哭聲。

實覃實訏　哭聲又響亮又綿長。覃，長。訏，大。

載路　充滿道路。形容哭聲之大。

匍匐　爬行。

岐嶷　懂事。《毛傳》：「岐，知意也。嶷，識也。」一說指直立行走。馬瑞辰《通釋》：「承上匍匐言，匍匐謂初能伏行，岐嶷謂漸能起立也。」

以就口食　尋找食物。

蓺　同「藝」，種植。

荏菽　豆類作物。

旆旆　茂盛的樣子。

禾役　禾穗。

穟穟　低垂的樣子。

幪幪　蓬勃的樣子。

瓞　小瓜。

唪唪　果實累累的樣子。

穡　莊稼。

相　說明。

道　方法。這兩句是說后稷種莊稼很懂得方法。

茀　拔除。

黃茂　良種穀物。《毛傳》：「黃，嘉穀也。茂，美也。」

方　指穀種剛開始生長。

苞　指穀芽含苞待出。

種　指穀子離地面尚短。

褎　禾苗漸漸長高。

發　抽莖。

秀　吐穗。

堅　莖幹堅實。

好　齊整。

穎　垂穗。

栗　穀粒堅實飽滿。

即有邰家室　在有邰這個地方安家定居。傳說帝堯因后稷在發展農業上有貢獻，封他于有邰。

降　上天賜予。

嘉種　良種，好的品種。

維　語助。

秬　黑黍，小米。

秠　一殼二米的黑黍。

穈　紅色的穀苗。

芑　白色的穀苗。

恒　讀如「亙」，滿，遍，這裏是遍地的意思。

是　語助。

穫　收穫。

畝　以畝計算。

任　抱著。

負　背負。朱熹《詩集傳》：「秬秠言獲畝，穈芑言任負，互文耳。」以上言大豐收的景象。

肇祀　開始祭祀。《毛傳》：「肇，始也。始歸郊祀也。」

舂　音沖，用杵在臼中搗米。

揄　將米從臼中取出。

簸　揚米去糠。蹂：通「揉」，指用手將米反覆揉搓使之精細。

釋　淘米。

叟叟　淘米聲。

浮浮　蒸汽上騰的樣子。

惟　思謀，籌畫。

蕭　香蒿。

祭脂　指祭祀時將牛羊的脂肪放在香蒿上合燒，取其香氣。

羝　音低，公羊。

軷　祭道路之神。

燔　音凡，燒。

烈　烤。

嗣歲　來年，來歲。這句是說祈求來年興旺。

卬　我。一說高舉，同「仰」。

豆　木質食器。

登　陶制食器。這兩句是說將食物放在木質和陶制的器物中。

香　香氣。暗示正式祭祀儀式開始。

居歆　安然享用。居，安。歆，音新。

胡　何，為什麼。

臭　香。

亶　誠信。

時　及時。

庶　眾人。《鄭箋》：「庶，眾也。后稷肇祀上帝於郊，而天下眾民咸得其所，無有罪過也。」

罪悔　罪過。

迄　至。

這是一首反映農業部落神話的中國式史詩。

就時代論，大概處在由母系社會向父系社會過渡的狀態，所以后稷只知有母不知有父。就地域論，是北方以穀子、麥子為主的農業區域，從中可以窺見漢族原始農業的形態。就特徵論，這首詩反映的是和平的自給自足的原始農業文明，與希臘的海洋文明有很大的不同。詩中關於穀物種植、生長和收穫全過程的精細觀察，逼真描寫，反映了當時（包括周初）農業生產技術所達到的高度，其中有一種純樸、健康、堅實、並快樂氣氛的自豪感在。

〈生民〉是一首祀祖歌，選自《大雅》。由此我們看到《雅》和《頌》的界限也不是想像的那樣嚴格，這首詩就像是《頌》詩呢。

周頌篇

有瞽

有瞽有瞽，在周之庭。設業設虡，崇牙樹羽。
應田縣鼓，鞉磬柷圉。既備乃奏，簫管備舉。
喤喤厥聲，肅雝和鳴，先祖是聽。我客戾止，永觀厥成。

瞽　音古，盲人。《鄭箋》：「矇也。以為樂官者，目無所見，於音聲審也。」

業　懸掛樂器的橫木板。《毛傳》：「大板也。」

虡　音具，支撐業板的豎木。

崇牙　業板上有齒狀的突出部分用以懸掛樂器。

樹羽　指虡上的裝飾物。樹，這裏是動詞。羽，羽毛。

應田　與大鼓應和的小鼓。

縣鼓　即懸掛的鼓。縣同懸。《毛傳》：「周鼓也。」夏、商、周三代鼓的配製不同，據說夏鼓有足，商鼓置於地，周懸掛於虡業。但從漢朝的出土文物來看界限不是很嚴格。

鞉　音桃，兩耳的搖鼓。後代稱撥浪鼓。

磬　音慶，古代打擊樂器，形狀像曲尺，用玉、石製成，可懸掛。

柷　音祝，古代木製打擊樂器，方形，以木棒擊奏，用於宮廷雅樂，表示樂曲開始。相傳是夏啟所作。朱熹《詩集傳》：「狀如漆桶，以木為之，中有椎連底，挏之，令左右擊，以起樂也」。

圉　音雨，古代樂器名。朱熹《詩集傳》：「亦作敔，狀如伏虎，背上有二十七鉏鋙刻，以木長尺櫟之，以止樂者也。」

簫　用一排竹管編製的樂器，猶後世的排簫。《說文》：「參差管樂也。像鳳之翼。」

管　一種類似於笛子的管樂器。簫管在這裏泛指各種管樂器。

舉　在這裏是演奏的意思。

喤喤　音黃，像聲詞，形容聲音華麗響亮。

厥　指示代詞。

肅雍和鳴　形容聲音和諧莊重。

戾止　到來。

成　指祭祀典禮。

《毛詩序》曰：「頌者，美盛德之形容，以其成功告於神明者也。」祭祀典禮是很莊重的儀式，在典禮上發表的「頌」是很莊重的文體。但令人奇怪的是，其樂隊卻全部由盲人組成。按照《周禮》的說法：「上瞽四十人，中瞽百人，下瞽百有六十人。」盲人自己無法在複雜的樂團中找到自己的位置，那麼如果加上輔佐他們演奏時就位的正常人，那陣容就相當龐大了。詩的開端「有瞽有瞽」，顯示了其浩大的陣仗。為什麼不用正常人組成樂隊呢？

從〈有瞽〉篇的樂器組成來看，打擊樂器占了大宗，其次是管樂，但沒有提到絃樂器。是不是當日絃樂器共鳴聲音小，如琴瑟只適用於室內演奏，而打擊和管樂器當日共鳴聲音大，適用於大庭廣眾，適於於慶典和祭祀呢？無論如何，〈有瞽〉提供了古代祭祀時音樂的配器和人員組成。程式則是金石木類打擊樂器在前，然後「簫管備舉」。而「喤喤厥聲，肅雝和鳴」則展示了頌詩的陣仗和氛圍。

後記

《詩經》是詩，是文學。但自它成為經之後，被蒙上了太多政治、道德、經學的色彩。於是對於它的學習也變得沉重起來。在當今的文化語境中，《詩經》理應回歸文學的本位。對於它的解讀、欣賞，自然也應該納入文學閱讀的輕鬆軌道。

上個世紀以來，隨著西方新思潮的湧入，不少學者用新的思想和方法對於它進行研究，取得了很好的成績。但是由於一些複雜的原因，在《詩經》的教學和普及中，政治的扭曲，歷史的比附，餖飣的考據和「依注解書」等經式積習，仍然沒有完全消除滌淨。而且，專業的學習和非專業的閱讀也往往混淆。有鑑於此，我們編寫了這部小冊子，起名叫《教你讀詩經》。非敢自吹自擂，以教頭自居，只是想擦拭和抹去《詩經》閱讀中的經式學習的陰影，讓它的閱讀學習輕快起來，愉悅起來。如果這種教學能夠免去《牡丹亭》中對於那個三家村教師陳最良的譏誚，我們就很滿足了。

感謝蔡登山先生，由於他，這本小冊子能夠在臺灣出版；也感謝編輯蔡曉雯先生，由於她，這本小冊子編排得很精美。

于天池　李書

二〇一二年新春於北京師範大學珠海分校文學院

新鋭文學 PG0718

新鋭文創
INDEPENDENT & UNIQUE

教你讀詩經

作　　者　于天池　李書
主　　編　蔡登山
責任編輯　蔡曉雯
圖文排版　楊尚蓁
封面設計　王嵩賀

出版策劃　新鋭文創
發 行 人　宋政坤
法律顧問　毛國樑　律師
製作發行　秀威資訊科技股份有限公司
114 台北市內湖區瑞光路76巷65號1樓
電話：+886-2-2796-3638　傳真：+886-2-2796-1377
服務信箱：service@showwe.com.tw
http://www.showwe.com.tw
郵政劃撥　19563868　戶名：秀威資訊科技股份有限公司
展售門市　國家書店【松江門市】
104 台北市中山區松江路209號1樓
電話：+886-2-2518-0207　傳真：+886-2-2518-0778
網路訂購　秀威網路書店：http://www.bodbooks.com.tw
國家網路書店：http://www.govbooks.com.tw

出版日期　2012年3月　初版
定　　價　320元

Printed in Taiwan

國家圖書館出版品預行編目

教你讀詩經 / 于天池, 李書著. -- 初版. -- 臺北市：新銳文創, 2012.03

面； 公分. --（新銳文學 ; PG0718）

ISBN 978-986-6094-58-3（平裝）

1. 詩經 2. 注釋

831.12 101000176

讀者回函卡

感謝您購買本書，為提升服務品質，請填妥以下資料，將讀者回函卡直接寄回或傳真本公司，收到您的寶貴意見後，我們會收藏記錄及檢討，謝謝！

如您需要了解本公司最新出版書目、購書優惠或企劃活動，歡迎您上網查詢或下載相關資料：http:// www.showwe.com.tw

您購買的書名：＿＿＿＿＿＿＿＿＿＿＿＿＿＿＿＿＿＿＿＿

出生日期：＿＿＿＿年＿＿＿＿月＿＿＿＿日

學歷：□高中（含）以下　□大專　□研究所（含）以上

職業：□製造業　□金融業　□資訊業　□軍警　□傳播業　□自由業

□服務業　□公務員　□教職　□學生　□家管　□其它＿＿＿

購書地點：□網路書店　□實體書店　□書展　□郵購　□贈閱　□其他

您從何得知本書的消息？

□網路書店　□實體書店　□網路搜尋　□電子報　□書訊　□雜誌

□傳播媒體　□親友推薦　□網站推薦　□部落格　□其他＿＿＿＿＿

您對本書的評價：（請填代號　1.非常滿意　2.滿意　3.尚可　4.再改進）

封面設計＿＿　版面編排＿＿　內容＿＿　文／譯筆＿＿　價格＿＿

讀完書後您覺得：

□很有收穫　□有收穫　□收穫不多　□沒收穫

對我們的建議：＿＿＿＿＿＿＿＿＿＿＿＿＿＿＿＿＿＿＿＿

＿＿＿＿＿＿＿＿＿＿＿＿＿＿＿＿＿＿＿＿＿＿＿＿＿＿

＿＿＿＿＿＿＿＿＿＿＿＿＿＿＿＿＿＿＿＿＿＿＿＿＿＿

＿＿＿＿＿＿＿＿＿＿＿＿＿＿＿＿＿＿＿＿＿＿＿＿＿＿

請貼
郵票

11466
台北市內湖區瑞光路 76 巷 65 號 1 樓
秀威資訊科技股份有限公司 收
BOD 數位出版事業部

....

（請沿線對折寄回，謝謝！）

姓　　名：＿＿＿＿＿＿＿＿　年齡：＿＿＿＿　性別：□女　□男

郵遞區號：□□□□□

地　　址：＿＿＿＿＿＿＿＿＿＿＿＿＿＿＿＿＿＿＿＿

聯絡電話：(日)＿＿＿＿＿＿＿＿＿＿(夜)＿＿＿＿＿＿＿＿＿＿

E-mail：＿＿＿＿＿＿＿＿＿＿＿＿＿＿＿＿＿＿＿＿